朝花
时文

听静何
雨坐妨

文学公众号"朝花时文"
2018 年度文选

伍斌 主编

上海三联书店

目录

人间世

心香记

书影话

草虫记

岁月书

人

间

世

什么能够击溃时间

刘荒田

绝对言之，时间是不可战胜的，文学也好，艺术也好，所谓"不朽"，所指的是流传较为长久的极少数，但它们总归属于"有限"，而时间是无限的。然而，尽可能长久地和时间周旋，进而乘隙将之击溃，乃是伟大作家与艺术家的终极理想。

余光中先生的名诗《和永恒拔河》，写的就是发誓跻身"不朽"的诗人与时间之间惨烈而绵长的较劲。"输是最后总归要输的／连人带绳都跌过界去／于是游戏终止／——又一场不公平的竞争。"这场竞技的极端不对等，胜算如此之小，诗人纵有夸海口的胆量，也只希望："但对岸的力量一分神／也会失手，会踏过界来／一只半只留下／脚印的奇迹，愕然天机。"

要问：那样的"脚印的奇迹"留存多少？数数当今书籍，灿若夏夜星空的唐朝，留下多少首诗，就知道有多稀罕。至于写诗超过60年的已故诗人余光中，他平生所作的上千诗篇，百年以后人间传诵的有几首？二百年、五百年后呢？然而，那是由不得人的"天算"，人能做的，仅仅是反求诸己："唯暗里，绳索的另一头/紧而不断，久而愈强/究竟，是怎样一个对手……"

时间不能被打垮，是肯定的；同时，人暂时地将时间"击溃"，即使无法实现，也是美好的梦想。如果你认为此梦失诸荒诞，将之归类为后羿射日、精卫填海一类的神话，也未始不是值得咏叹的浪漫。

其实不妨从追求"千秋万岁名"稍作退却，即使局限于现代诗的立体感和多维性，也能够把"块状"光阴拆散、打碎，重新以意象、象征，在顺流而下的逻辑之外，另行构建诗的秩序。

且看非马先生名作《醉汉》里的时间："把短短的巷子/走成一条/曲折回荡的/万里愁肠//左一脚/十年/右一脚/十年//母亲啊/我正努力/向您/走/来。"

和阔别多年的母亲相见的一幕，演出在"巷子"的舞台上。短短的巷子却和漫长的时间糅合为一体，被"思念"灌醉的儿子，踉跄、沉赘的脚，每一步都迈出"十年"，三维空间加入被解构为碎片的"时间"，被灵感搅拌之后，铺在巷子的石板路上。在这一精粹至极的断章里，溃散的时间向人间至情俯首。

"把你的影子加点盐，/腌起来，/风干。/老的时候，/下酒。"如果说台湾女诗人夏宇的名作想象诚然别致，感情内敛而足够强烈，其中的时间还是线性的，符合时间运行的逻辑，现代诗人则不复拘泥于日历的序列，玩僵硬的时间于股掌。将整块时间打碎，再嵌入独特的感性宇宙有之；潜身于时间之内，随心所欲地穿越有之；打孙悟空的筋斗云，在"未来"占据位置，进而审视目前和往昔有之。于是，人类与之对峙，恒以"湮没"为唯一结局的"时间"，它的软肋露了，人的惨胜、暂胜成为事实，尽管依然为数极少。

时间溃散后，很快就重新集合，庞大的新阵势形成，把妄想偷偷进入"永恒"的野心家挡住，新一轮角斗开始。里尔克的《时间之书》有这样的诗句："我觉得：一切生命都被活过。/那么谁活过它呢？是那些事物/站在那里，像未奏出的乐句/在昏暮就如藏在竖琴之中？/是那些风，自水上吹动，/是那些枝条，彼此示意，/是那些花，编织香气，/是那些长长的迟暮的径路？/是那些温暖的兽，来回走动，/是那些鸟，奇怪地振翅飞行？/那么谁活过它呢？神啊，你活过它吗？这生命？"

冬夜之伤

唐吉慧

一个琐碎的秋天过去了。独自坐在公车上，茫茫夜色把清寂的车厢渲染得像座小舞台。舞台上，书生缓步走来，挥着水袖，执着纸扇，眉头微皱："小生对此溶溶夜月，悄悄闲庭，背井离乡，孤衾独枕，好生烦闷……"书生浅声低吟，忽缓忽急，忽高忽低，只有"水磨调"才这么好听。公车行驶得忽缓忽急，在忽高忽低的地面，几下颠簸，沿街的霓虹闪烁成了斑斓的琉璃，让我从书生饰演的明朝情事回到了钢筋水泥的大上海。是冬天了，依旧有月光，有青草，有湖水。我在等待什么？靠着车窗，我痴痴凝望。这一座夜色下充满诱惑的城市，我期盼，有穿着洋装在哼唱京剧的叶公超，有呵着冻手在写作的沈从文，有穿着长衫在发牢骚的郁达夫，但这样一个夜晚，我心里沉甸甸的，装满了小晶。

　　这些年读了不少历史人物的传记，那些逝去的伟人，关于他们的人生叙述，有的厚一些，有的薄一些，终究叫人心生感怀。小晶自然无法和叶公超、沈从文、郁达夫那样的人物相比拟，她太普通了，普通得悄无声息，普通得没人为她写一些文字。不过普通如她、如我，布帛之暖、菽粟之味，稀松平常，我们的友情也见珍贵。小晶是我的中学同学，20多年了，许多学生生活的记忆已经模糊，但她的样子我清晰记得，肉嘟嘟的小脸，黑黑的长发，那双上课时仔细盯着黑板的眼睛从不说谎。印象里没见老师批评过她，她是个听话的孩子，功课好，功课好的学生老师通常都喜欢。我那会儿对成绩没有追求，毫无上进心，在班里只较差生好些，有阵子我迷上了诗歌，书包里不缺普希金、莱蒙托夫和莎士比亚。缘由近乎功利，替班上几位男生代笔情诗写出了瘾，放着普希金、莱蒙托夫和莎士比亚，随手可以抄几句显摆文采。一天中午吃过饭，我在课桌上摊开纸正冥思苦想，小晶走近弯下身问我在写什么，我说写诗，她要看看，我没给。她说："哪天给我写一首吧。"我愣了愣，告诉她："去去去，大人的事，你不懂的。"她一脸不屑，回了个"切"字，悻悻而去。

　　小晶在班上有好几位要好的女同学，那群女生围在一起时会不知缘故地疯疯癫癫，聊到偶像神采飞扬，谈到言情小说眼泪汪汪，兴到深处便嗲兮兮你拍我一下，娇滴滴我捏你一下。这让一旁的男生很难理解，也很不适应，不禁一个哆嗦。"冷来"，有男生调侃。她在这堆女生里不算漂亮，却总是开开心心地笑着，笑得那样甜，像七八月里的水蜜桃。有几次课间休息趁她不留意，我抓住她粗粗的马尾辫，向上抛起，随即"噢"一声跑远，走廊上是她乐呵呵的一句"讨厌"，我回头吐吐舌头。我知道她不会生气，不像坐在我身后的女生，我用玻璃尺刮起她长长的手毛时，会咬牙切齿地追来打我，也不像坐在我身前的女生，当她知道我藏了她的作业本，会毫无征兆地趁我离开座位之际，将我铅笔盒内的文具全部肢解。有一年暑假结束，小晶出了回大风头，回到校园，回到班级，她一头黑黑的长发不见了，换成了班上最短的板寸，短过男生，几乎光头。大家都惊讶和疑惑，女生们笑她成了西瓜，男生们笑她要出家当尼姑去了。她一脸苦笑，解释说假期去理发，禁不住发型师蛊惑，说新发型定然亮丽盈颠，一片春光明媚。谁料发型师手起刀落，她傻了眼，觉得难看极了，经了几番修改，一短再短，终不称心意，最后落得全部剪光。如同刘宝瑞那个画扇面的笑话，从美人到张飞到怪石头到拿墨涂成黑扇面，要人家拿去找人写金字。小晶只得看着镜子里的自己万般无奈，暗暗期许日后卷发重来。

学校毕业，同学们群鸟纷飞，我与小晶鲜有联络。工作后的某天午后我们在一所学校门口偶遇，我是进修，她是路过，于是大家相约晚上喝茶叙旧。那晚我9点下课，她在校门外等了我半个多小时。当时她在一家规模挺大的酒店任职，经友人介绍，结识了一位男孩，正谈着恋爱。我发现她一点未变，成熟的职业套装、齐肩的大波浪、淡淡的唇红，根本藏不住她少女的纯真，嘴角荡漾着的笑容一如以往，亲切可人极了。那次我们聊得并不长，匆匆一见，匆匆一别，这一别，再未相见。后来通过其他同学知道她结婚了，知道她生了孩子，但生孩子要了她的命。临近产期，她经熟人介绍进了一家医院待产，孩子诞生的第一天母子平安，第二天她突然大出血，病房里一阵慌乱，在这慌乱中她渐渐失去知觉，渐渐闭上了眼睛，没来得及多看上一眼孩子。我听说女人生孩子是鬼门关走了一遭，以前不信，听说的事情毕竟遥不可及，谁想自己的同学去走了一遭，真的没有回来。这次我信了。追悼会那天，我们沉浸在哀乐里，看着躺在那里那张变形的脸，大家深陷悲痛。曾经与小晶疯疯癫癫的几位女生这会儿拥在了一起互相掉眼泪，互相安慰，我脑海中不断闪现的，还是她学生时那张甜甜的笑脸。

多么美好的年华，幸福的家庭，顺利的事业，她终于辛苦等到了那条开满鲜花的路。或许她幻想过在这条路上迎着阳光翩翩起舞，随风飘落的花瓣为她铺成一张彩色的毯，那是她向往的幸福。然而生命辜负了她，未来就此难以捉摸，难以触摸。但我相信，待她的孩子长成大树，在他心里会有一根黄丝带，紧紧系着。

车窗上凝结出一层水汽，又匆匆散去，隐隐是张伯驹的墨梅、张大千的淡彩仕女、吴湖帆的云水烟岚。是梦吗？瞬间，他们和小晶一样不见了。这个夜晚，书生继续走上舞台，口中念道：春风无限潇湘意，欲采蘋花不自由。

上海， 2018 的第一场雪

南　妮

8点半，出门去上班，阴天，下雪。下雪？真的是下雪了？一片一片半透明的小雪花密密地朝你的衣服上头发上飘来，你怎么可以不欢喜？上海的雪呀！

对于上海人，上海的小孩子，雪是有些儿吝啬的。同事C带着大学放假的女儿去哈尔滨看雪滑雪去了，两个超龄的雪花粉丝，要是知道上海将有大雪一场，知道马上就可以在家门前堆雪人、打雪仗，还买不买去冰城的机票呢？除了可以玩雪人，送到家门前的这一场大雪，还有什么关于它的剧目可以上演？

手心向上，去接飘来的雪花的当儿，网约车那儿马上有了信息：3分钟以后，车子将从某路过来。只有两分钟的当儿，司机发来信息，请耐心等待，马上就到。这该是一个有礼貌的司机。其实他不知，今天叫网约车的人，是最有耐心等待的。

车门拉开，微笑进入，仿佛不是坐出租，像是要坐熟人朋友的车。飞舞着的雪花是热情的音乐，是柔软的催化剂，是一种鬼怪精灵的魔术——反正，今天你的心中饱含着温柔，莫名的。今天你不是一个朝九晚五刻板的上班人，你的灵性正因着雪花发散……

车里的暖气开得足足的，真是一个细心而体贴的家伙。座垫宽厚、洁净又簇新，好车无疑。真是一个讲究细节与工具品质的家伙。冲着"下雪了"，发一通上海人对雪的大惊小怪，果然司机是地道上海男。估计是与我差不多年纪的"后中年"。

"2016年初是下大雪的。2008年，就是有雪灾的那一年。"司机说出这样关键的两个数字，僵直的记忆力顷刻间活泛了。是的，最近的"好大一场雪"，在上海，至今，也不过是两年前。雪在上海的降临实在是无规则无定律的，要不，怎么两年前的事都需要努力去回忆。记得女儿特别喜欢雪，脸盆、水桶、塑料碗，所有的容器都拿去盛雪，再慢慢看它们变成水。晾衣竿上积的雪是多小的体积呀，她也要小心翼翼地一小堆一小堆刮下来，不许我们清理掉。雪人，大大小小堆了好多个，红萝卜做鼻子，橡皮泥做鼻子，小号雪人是用家里的大大小小的"雪仓库"里的材料做的，洋娃娃似的，分大、中、小数档。大号的雪人，当然要到户外去做了。平日里管得过分细腻的她老爸，这回终于当了甩手掌柜——让她尽兴在外头过把雪瘾。兴致来时，老爸也会腆着肚子，借把大铲子，帮女儿输送一个个大雪块。

洁白的雪，茫茫的雪，那不是上天的神物又是什么？

应该更早，那似是 2008 年的家庭场景。每一个上海小孩的冬日狂欢。

"2008 年，我开车送两个客户回江西他们的家，3点从上海出发，开到南昌时，是深夜 12 点。他们要替我订个房间，让我睡一晚，第二天再回去。我没答应，立马再开回去，我也要过年呀！"

"两年前上海下大雪，我们几个朋友在菲律宾海边度假。赤着膊游泳，喝冰啤酒……照片发给上海的朋友看，他们正躲在被窝里喊冷，直骂我们逍遥！"

"你这样从上海开到南昌，要多少钱呢？一定比飞机票贵吧？下雪天，长途很难开吧？"

"4000 多块吧。当时的飞机航班都停了，恢复的话，再一班班延迟，都乱套了，买不到票的。最难开的，是结了冰的路。我是跟在大货车的车轱辘印后小心地开，得一直跟着啊！"

"真聪明！"

怎么听着这些话有点熟悉呀，像是已经听过的；肯定是从的士司机那里听来的，难道是我乘别家司机的车，耳闻过关于那场雪的差不多的插曲？

"看到雪，就想起我们小时候住的老房子，下雪天，屋檐下会垂下一根根冰凌……"

"是的是的！"我叫起来。

"那一根一根的冰凌是一排齐整整的，头很尖，男孩子会摘下来吃它们呢，像吃冰棒似的！"话说出口的当儿，心里一激灵。我在哪里听过冰凌子的事！并且自己也补充过吃它们的细节。一定的。

"小时候冬天特别冷，要穿很多。"

"是的，小时候的冬天比现在冷。是那种大晴天的干冷。课间休息十分钟，我们就靠在班级教室的外墙上晒太阳，好暖好爽！"

"小时候，我们还穿自己做的棉鞋呢，那时没有皮鞋……"

车子有点堵，比平日开得慢，外头很冷，里头很热，你一言我一语的，雪的故事与雪的欣赏是双重享受，人晕乎乎的。

突然记起了童年里的许多往事，在下雪的冬天。我们姐弟仨的棉鞋都是外婆手工做的。用糊的布帕子纳鞋底，先一层层码，再一针针缝，针脚来来回回几十圈几百圈……外婆的鞋底子厚实又齐整，像机器扎的那样精致美观，街坊邻居的手艺没谁能够超过她。记得，小学五年级时，我穿了外婆做的新棉鞋去看学校包场的电影，天已经有点阴了，我却执意要穿这双新鞋去看电影，大概是想显摆一下。白布的底，黑灯芯绒的帮，黑的线，穿线处是机器打的小孔，再像皮鞋带子那样交叉穿好，最后系个蝴蝶形的结。可是这举世无双的鞋子，却生生地被我糟蹋了——电影散场，大雨倾盆！棉鞋当作套鞋这么用了，还不是死得惨？当时真是想死的心都有。我是亲眼看着外婆用一根长针，一针一针将鞋帮缝到鞋底上去的。说是缝，其实是用力气，用生命的全力，狠狠地通过针，用白线将帮与底合成一体。这是连机器都很难做好、很难做得完美的工程啊！

外婆和家人们自然不住地安慰极其沮丧的我，什么晒晒干还能穿啦，明年外婆再给你做新的啦，等等。但这桩我亲手酿造的悲惨事件，是自责埋伏在我身体里的一颗定时炸弹。果然，我从此再也没有穿上外婆做的棉鞋，不是她不肯做，而是她一病不起。

小时候，我们女孩子穿的都是棉袄，外面罩上罩衫，有花布的，也有格子的。过年能穿上新做的罩衫，是非常欣喜的事情了。

"那么，你们男孩穿什么呢？你大概也是 60 后吧？"问司机。

"我 1962 年出生的。我们男生，穿派克大衣，是比较时髦的。"是的，想起来，有一年，妈妈替弟弟做派克大衣，买了衣料，拿到外面，请裁缝做。"派克大衣，是衣里一体的吗？"又问司机。"不，里头有胆的，用一个个小扣子在关键部位扣起来。外衣脏了，脱下来容易洗。"

1962 年，与我同年出生。

拿了发票，与司机愉快告别。我肯定那些关于 2008 年开车到南昌的事、2016 年在菲律宾海边游泳的事我是听过的，不是从别的司机那里，正是从这个人的嘴里听来的。那么就是说，我在有雪的上海的冬天里，两次坐上了同一个人的车！

必定的。他，我的同龄人，不是将话说得很顺溜的人，这个洁净的自律的上海男人，当说到自己的故事时，一下子流畅起来，但仍然不多发挥不肆意煽情。甚至，2008 年、2016 年的故事与屋檐下冰凌子的事，它们与我记忆里的比起来，不多出一个字！

是的，有些人你总要相遇。就如有些挖心的记忆，你以为你忘了。不会的，它们等着，必然会在某一天，由着某件事某个人，突然地浮现于你的脑海。

孩子、驴子和水

梁晓声

那是一头漂亮驴子。三岁多，能干不少活了。

驴子属于牲畜。

若将迄今为止的中国历史数字化，则可以这么说，此前十之八九的世纪是农业史。全人类的历史也是如此。在漫长的农业时期，牛马骡驴四类能帮人干活的牲畜，也被中国某些省份的农民叫作"牲口"。牲畜是世界性叫法；"牲口"是中国的特殊叫法。特殊就特殊在，视它们为另册的"一口"。在古代，评估一个农村大家族兴旺程度时，每言人口多少，"牲口"多少。"土改"时划成分，土地和"牲口"是两项主要依据。若一户农民分到了一头"牲口"，必会兴高采烈。

"牲口"实际上是对牲畜含有敬意的尊称，后来才演变成辱人话的。

在四类"牲口"中，驴子的地位排在最后。牛马骡的力气都比它大，它干不了的重活，对牛马骡不是个事儿。通常情况下，驴的本职工作是拉碾子或磨，拉轻便的载物小车，代足。如果代足，骑它的大抵是女人、老人和孩子。男人一般是不骑驴的，觉得失风度。若驴干的是第一种活，那时它是比较可怜的。怕它晕，人要将它的眼罩上。它围着磨盘或碾盘，转了一圈又一圈。即使很累了，人不喝止，它自己则不停止。往往，一干就是一天。秋季，须去壳的粮食多，一两个月内，它从早到晚被罩着眼，拉着沉重的碾石或磨扇，一千圈一千圈地转啊转的。它也往往充当拉大车的牛马骡的边套。驴那时是不惜力气的，实心实意地往前拉。可一卸了车，人首先将水桶和草料袋子拎向驾辕的牛马骡，待它们饮够吃饱了，才轮到驴。人觉得，最辛苦的当然是驾辕的牲口。在"大牲口"中，驴一向被视为小字辈。如果牛马骡是自家的，且正当壮年，农民往往会以欣赏的目光望着它们，目光中有时甚至流露着感激；却很少以那种目光看驴。

但，那孩子却经常以欣赏的目光望着自家的驴，欣赏起来没个够。在他眼中，他家的驴好漂亮啊——兔耳似的一对耳朵，睫毛很长又整齐的眼睛，不宽不窄的头，不厚不薄的唇，肩部那条驴们特有的招牌式的深色条纹，直直的腿，完好的尚未受损的蹄……总之，在那孩子眼中，他家的驴哪儿都漂亮，没有一处不耐看。

十六岁的少年只从印刷品上见过牛和马，还没见过真的。至于骡，他仅仅会写那个字，都没从印刷品上见过。他也暗自承认印刷品上的牛和马皆很精神，各有各的雄姿。但它们是印在纸上的，不是他家的呀。而且，不论他还是他父母，都不敢想自己家里会有一头牛或一匹马。中国刚实行分田到户不久，全村哪一户人家都不敢做家有大牲口的梦。

那个村太小，在大山深处，东一户西一户的，几十户农家分散而居，围绕着面积有限的一片可耕地。不论每家的人多么勤劳，那片土地上打下的粮食从没使人们吃饱过。后来，被迁到此处的农户多了，全村就只能年年靠救济粮度日了。

然而那少年当年却是有自己的梦的，他正处在喜欢有梦想的年龄。他家的驴是好的，他的梦想是它经常做母亲，每年都会生下小驴，一头头送给别人家，于是全村有很多驴，家家都有小驴车。女人、老人和孩子们，经常可以进县城了。十六岁的他，还没进过县城。进过县城的孩子是有数的几个，进县城是他的另一个梦。

他不可能不对别人说说自己的梦想，首先听他说过的是他父亲。

"不许你再做那种大头梦！你也是驴脑子呀？还梦想着家家都养驴！人不喝水啦?!"

父亲生气地一训，他就再也不在家里说他的梦想了。

对于一个少年，心有梦想是憋不住的。不久，老师和同学们也知道他的梦想了。同学们对他的梦想都持嘲笑态度——和驴联系在一起的梦想，也能算是梦想么？梦想应该是高级的想法嘛！老师却对他的梦想深有感触，还鼓励他写出来。他就写了。几个月后，他家的驴出了名，他也出了名，因为他的梦想登在县里的文学刊物上了。同村的同学将此事在村中说开了，不仅他的父母，村里的大人都对他刮目相看了。

但是对那头驴，他父亲的既定方针并没改变——尽快卖掉。那也就意味着，县里某些饭馆的菜单上，会多了以"驴肉"二字吸引人眼球的菜名；县城里没有靠驴来干的什么活。村里的大人们也都认为，他父亲尽快那么做，才不失为明智的一家之主。

分田到户时，那头驴出生不久。它母亲是队里重要的公共财富，为队里贡献了毕生力气，生下它没隔几天就病死了。它的父亲是另一个队的牲口，被杀掉了，肉被分吃了。小驴没人家要，都明白长大了谁家也养不起。驴的胃口并不比牛马骡小多少，单干了，每家才分一二亩地，庄稼活人就干得过来，何必非养一头驴？少年的父亲出于恻隐之心，将小驴牵回了家。果不其然，驴子后来给他家带来了很大的烦恼——全村人仅靠一口井解决饮用水问题，井水忽然变浅了。县里的地质专家给出的结论是，水层太薄，已快渗完了。解决方案是，须找准水层丰沛的地方，用钻井机再钻出一处深井，起码得钻一百几十米深，也许还要深，并且要靠汲水设备将水汲上来。总之，在当年，少说得花十几万元。村里的人家生活都很困难，凑不了那么大数的一笔钱，只得作罢。后来，井水更浅了。便每家轮流用水。轮到谁家，将孩子和桶轮流吊下井去，一大碗一大碗地往桶里装水。各户人家斯时都全家出动，一切能盛水的东西都用上，轮到一次要一周多呢！倘缺水了，就得向别人家借水啊！

　　轮到那少年家时，他母亲将驴子也牵到井边。拽上的第一桶水先不往家里拎，而是先让驴子饮个够。那驴经常处于渴而无水可饮的情况，有几次都闯入屋里找水喝。见着水，饮得没个够似的。往往，它一抬头，一小桶水已饮光了。有村人看见，心里便生气了——"专家说水层都快渗不出水来了，那话你家人也听到了！还讲不讲点人道主义啦？"少年的母亲也生气了："到哪时说哪时，现在不是还有水吗？有水我就不能让我家的驴活活渴死！我家的驴还被别人家借去干过许多活呢，这又该怎么说？"

结果，吵了起来。少年赶紧将驴牵回家，他父亲则急忙跑到井那儿去制止自己的老婆，向对方谢罪。也许，他父亲的内心里，也曾有过如儿子一样的梦想——造一辆小驴车，让自己的老婆儿子进县城变得容易些。没想到出了水的实际问题，梦想破灭了。自从发生了吵架事件，少年的父亲卖驴的想法更急迫了，只不过一时还找不到出价合理的买主。而少年望着他眼中那头漂亮的驴子时，目光忧郁了，他变得心事重重了。两年过去了，他家的驴却没卖，真相是——每天夜里，他将驴牵到井边，将长绳的一端系在驴身上，另一端系自己腰上，一手拎小桶，缓缓下到十几米深的井里。好在井壁并不平滑，突出着些石凸，可踏足。预先测准距离，并无危险。驴也听话，命它在哪站定，就老老实实站在哪儿，一动不动。待拎上半桶水，看着驴一口气饮光了，再下井。每次临走，还要拎回家半小桶水。那驴聪明，经过两次后，明白小主人的半夜行动是出于对它的爱心，以后极配合。因为半夜饮足了水，白天不那么渴了，不犯驴脾气了，干起活来格外有劲儿了。某夜下雪，粗心大意，留下了蹄印和足迹。天亮后，一些男人女人聚到他家院门前，嚷嚷成一片，指责他家人偷水。

丢人啊！

但那种行为确实是偷嘛！

他母亲臊得不出屋，他父亲当众扇了他一耳光，保证当日就杀驴，驴肉分给每一家，算是谢罪。待人们散去，父亲一会儿磨刀，一会儿结绳套。瞪着驴，刚说完非把你杀了不可，叹口气又说，我下得了手吗？要不就吊死你！又瞪着少年吼，我一个人弄得死它吗？你必须帮我！

少年流泪不止。

驴也意识到问题严重，大祸即将临头了，在圈内贴壁而站，惴惴不安。

那时村里出现了几名军人，是招兵的。为首的是位连长，被支书安排住到了他家。该县是贫困县，该村是贫困村。上级指示，招兵也应向贫困村倾斜，所以他们亲自来了。

天黑后，趁父母没注意，少年进了连长住的小屋。

连长笑问："想走我后门参军？那可不行。我住在你家里也不能为你开后门。招兵是严肃的事，各方面必须符合条件。"

他哭了。说自己参得了军参不了军无所谓，尽管自己非常想参军——他哀求连长们走时，将他家的驴买走，那等于救它一命。他夸他家的驴是一头多么多么能干活的驴，绝不会使部队白养的。

连长从枕下抽出两期杂志，又问："发表在这上边的两篇关于驴的散文，是你写的？"

那时他已发表了第二篇散文，第二篇比第一篇反响更好。他点头承认。连长是喜欢文学的人，杂志是在县里买的。上世纪80年代的中国，是文学很热的年代，那份杂志是县里的文化名片。

一位招兵的连长，一个贫困农村的少年，因为文学的作用忽然有了共同语言。

连长说："你对你家的驴感情很深啊！"

他说："它早已经是我朋友了。它为我家为别人家干了那么多活，人得讲良心。"

连长思忖着说："是啊，是啊，完全同意你的话。"

由于家中住了一位连长，他爸暂且不提怎么弄死那头驴了。

而那少年，已过十八岁生日了，严格说属于小青年了。他和同村的几名小青年到县里一检查身体，都合乎入伍条件，于是都成了新兵。即将离村时，唯独他迟迟不出家门。连长迈进他家院子，见他抱着驴头在哭呢。

他父亲说："你倒是快走哇！"

他就跪下了，对父亲说："爸，千万别杀死我的朋友……我走了，不是等于省下一份给它喝的水了吗？"

连长表情为之戚然，也说："老乡，告诉大家，我保证，一回到部队就号召捐款，争取能为你们村集到一笔打机井的钱。"

连长和他刚走出院子，驴圈里猛响起一阵驴叫，听来像是驴也放声大哭了……

2017年12月某日，在一次扶贫题材的电视剧提纲讨论会上，一位转业后当起了影视投资公司项目主管的曾经的团长，讲了以上他和一头驴子的往事。

讨论会我也应邀参加了。

有人问："你们那个县现在情况如何了？"

他说还是贫困县，但已确实在发生一年比一年好的变化。

有人问："你们那个村呢？"

他说已有两口机井，不再缺水了；与县城之间，也有一条畅通的公路了。

导演问："那头驴后来怎么样了？"

曾经的步兵团的团长，五十几岁的大老爷们，眼眶顿时湿了。他说，据他父亲讲，当年为了送一名难产的女人到县医院去，一路奔跑，累死在医院门前了。

他说，他无法证实父亲的话是真是假。既然村里人的口径也一致，他宁愿相信真是那么回事。

"导演，请把我的朋友写到剧本中吧。没有它，我也许不会热爱上文学，也许不会有现在这一种人生。我一直在想用什么方式纪念它，人得讲良心，求你了……"

众人肃然。而且，愀然。

导演李文岐看着编剧说："加上这个情节，必须。否则，咱们都成了没良心的人了，可咱们得成为讲良心的人！"

众人点头。

没有一只野猫不是孤独的

马思源

　　人类又何尝不是流浪的野猫，流浪到世上过一日一日。有些牵着的手，走着走着就散了；有些依靠着的灵魂，风一吹就飘飘而去。人类又哪里可以嘲笑动物？

　　我对身边的家禽家畜从来不怎么注意，习惯了它们的自由存在，任它们在身边窜来窜去，撒泼打滚，不撞到眼睛上我是看不到的。天天存在的事物我们未必上眼上心。那天它确实慌里慌张撞到了我小腿上，油面骨被狠狠击打了一下，冷汗从后脊梁冒起。我下意识抬起脚踢它，它被扬起到半空，支撑不住从我的脚面滑出摔落到地上，翻了一个滚，"喵呜"一声飞也似地逃，我才发现那是一只刚到我家不久的野猫。

它是一只雌猫，看起来三四个月大小。白色的腹，黄白相间的脊背，猫瘦毛也长，"喵呜"叫一声，背弓起来，整个身子看起来像条放大的细瘦毛虫。

那时正是冬天，它萧索着身子，身上粘了不少苍耳，像一个携了剑戟的落魄侠女，在院子大门外伸头探脑，似乎想寻找吃的。远山上树木高高矮矮，凋谢了叶子，光秃秃苍茫一片；门外野地里野草已经枯黄，北风一吹一片白惨惨。日常生存之地不能再提供它过冬的吃食，它要到人家中来寻找果腹之物。

婆慈悲良善，同情弱小，野猫因为体格上的柔弱获得我家门的入场券。婆沿袭对猫的传统称呼，唤它"花花"。她从火锅里舀出鲫鱼，专挑了条大个完整的，自然出自对来客的尊重，仪式感是婆对外物的仁慈。她拿来一只碗，洗刷干净，把鱼放在碗里，舀点汤汁。猫是吃腥的，猫跟鱼有孽缘，前世相爱，今世相杀，此生恨不得一口吞了它。婆把碗小心地放在客厅门外的走廊上，唤声"花花"，轻轻掩门，怕惊了它。婆端碗出来时，它还是受到小惊吓，离弦的箭镞一样窜向院子的大门，站在大门外沿小心翼翼往里看。许是感受到了婆的善意，或者鲫鱼的鲜香诱惑了它，它慢慢靠近，轻轻地嗅，确定了可以吃之后，伸出舌头去舔汤。一下，两下，小巧甜美的嘴巴终于忍不住，一口衔下鱼头，爪子抱着呜呜地饕餮。

它安静了下来，不再避让、逃窜。它食烟火的样子很是可爱。此时我才能看到一只在旷野里疯跑、在自然天地里独行的猫，面对食物时展现出来的贪婪和爱恋。但它表现出的更多的是对这个世界的敌意。我蹲下身，用温柔的语调低低唤它，花花，花花，咪咪。它还是警惕，抬眼睛偷看我，匆忙逃离我的势力范围。它更多时候表现出高冷姿态，我悄悄瞄它，它发现了就会飞快窜走；有时它跟我对视，眼睛瞪得溜圆，黄黄的眼珠里面似乎有一团火——它在发怒，想用怒让我害怕，用怒来降服我。大概看我面无表情，又掉头迅速跑掉，跑到院门外去。

出了院子门，转眼就可看见不远处的山，山脚下葱茏苍翠的竹子密密地生长着，有时可以听到修长的叶子摇摆在风里，飒飒响动着。院子前是一片一片猫儿眼，夏季翠绿翠绿的，层层叠叠堆到我家院落墙根下。猫儿眼据说有毒，猫狗牛羊都不吃它，它还是很茂密地长满大地。人也不轻易吃，有人患了病无药可疗时，用它来以毒攻毒。花花躲在猫儿眼里，只露出头来，两只眼睛机警精明，时刻警惕着周围出现的突发情况。它得意忘形时会在猫儿眼里打滚，把杂在其间的苍耳棵弄折，粘了满身斑白的或黄的苍耳。

一到晚上花花就不见了踪影，婆发愁它的歇息处，自言自语，这能跑哪里去，会不会被祸害了呀。婆说"祸害"，是那时山上还有野生动物，野鸡野兔还有狼，我冬夜躺在床上，可以听到山上传来呼朋唤友的狼嗥声，还有鸟儿受到惊吓受到追逐发出的惨烈叫声，以及许多种动物在不同情境下发出的或悲伤或惊悚的声音。一只柔弱的小猫，在如此强大的自然界里属于弱势，婆的担心不无道理。但每天晚上婆担心地念叨一遍，第二天早饭时还准能看到花花。没有人知道它到底夜宿在哪里，也没有谁知道它怎样躲过那么多强势伤害，安全无虞到第二天。都说猫狗识恩情，这野猫可不是，真是一个没良心的！婆担心多了，也会埋怨。但花花到底是不愿和我们过多接触。

它是孤独的，孤独到不相信人类传递来的美好，它宁愿相信大地上的花草和山间的鸣涧，相信竹林里飒飒而过的风，相信月光和无月的夜里，天上或明或暗的星辰。它似乎是天地间的一只精灵，身体自由，不受时间地点限制；灵魂自由，可以不被情感牵绊，思念或爱恨，均跟它无关。不被拥有，便拥有绝对的自由吧。谁都没有权力绝对占有它，它无牵无挂，心如风，风向随己；如月，圆缺随自然。寄自身于天地，是一种大孤独，当然也是一种无上的自由。

人类又何尝不是流浪的野猫，流浪到世上过一日一日。有些牵着的手，走着走着就散了；有些依靠着的灵魂，风一吹就飘飘而去。人类又哪里可以嘲笑动物？

花花怎么叫、怎么哭、怎么悲伤、怎么孤独、怎么跟自己和解，人怎么能知解？就如我怎么伤感孤寂，你又怎能够晓得。我常常想，我们深深爱着的，就是那一个不知晓的自己吧。也许无数个量子纠缠组成的另一个自己，在肉身感知不到的维度空间里，终究会有回应。一粒卑微而飘摇的苍耳，被野猫野狗带到不知晓的地方，远离家乡去散播种子，它也会在陌生的方向上拥有相对应的伤感落泪的那一个。

此生跟你不遇又如何。这世间总有两株不相逢的植物，风来枝叶摇摆致意甚或相互纠缠，也未必相识相知。所有的遇见，都是上天赐予的恩情。我知有你存在，即好。

被批评是奢侈的幸福

叶倾城

让他最难堪的，是亲友们嘻嘻哈哈间的"玩笑"，像珍珠奶茶里的大颗奶霸，会哽在喉咙里，吞不下吐不出。

他一向是个网络时代新青年，什么都自己来。高中三年，学习，不管老师们如何耳提面命，他更依赖手机里的一些学习 App，宁用百词斩也不肯常规背单词；健身，父母家人都说来日方长，这不是高中生该考虑的事儿，他偏不，他相信他有能力双管齐下，每天既锻炼了脑子双手，也锻炼了胸肌腹肌臀大肌；中国家长无不视早恋为洪水猛兽，他高二就网恋，两人相约"北京见"，女孩的目标是北师大，他的目标比女孩少一个字。谁说早恋会妨碍学习？他要用实际行动打他们的脸。

被打脸的，是他本人。

考出来他还没觉得怎么样，虽然考场上很多答案他自己也觉得模模糊糊，但"运气也是一种实力"，他相信自己的好运气。出分前一天，他还在和小女友沿着电话线卿卿我我，她说要买情侣衫，他说就靠这两身一模一样的衣服在高铁站相见。

然后……女孩没上成北师大，他呢，如果一定要去北京，大概只能是专科。有一首歌叫《从头再来》，父母安慰他：你看马云俞敏洪都复读过。

亲戚们可没父母这么好言好语。一个表姑一听说他的分数，直接从鼻子里笑出声来，说："我还以为是指哪考哪呢，原来是说的一出考的一出。"瞬间他学会了好多俚话，什么"吃嘛嘛香，干嘛嘛不成"，还有"心比天高，手比水潮"……大人们说的时候，多少有点儿似笑非笑，似乎是轻微的嘲笑，又像是严厉的指责。都不像，像一把把尖刀，还撒了盐——我带笑问：没撒孜然吗？

他问：怎么应对闲言碎语的亲戚？

他的要求：一定得委婉，他不想被父母痛骂；也得巧妙，得罪长辈是不好的；但又能一招致命，让他们成功地闭嘴。

我看着他年轻不服气的脸孔，轻轻叹口气。

这个夏天我游荡了许多博物馆，最爱每家附属的小商店，买了许多画册、零零碎碎的小玩意儿。有一家卖一套搞笑短言的口袋书，有一本叫《老兄，你老了》：

> 当所有听得懂的笑话你都听过无数遍，新笑话一个也听不懂的时候——老兄，你老了。
>
> 当你约出女神小姐姐，醇酒美食后你却开始犯困的时候——老兄，你老了。
>
> 当你不小心摔了一跤，没有人哄笑，所有人都惊呼着上来搀扶你的时候——老兄，你老了。

不知为什么，这一句特别地触动我。我想起了亲眼目睹过的两次摔跤。

一次是在北京街头。红灯，一群滑板少年正在黄线后规规矩矩等灯。不一会儿红灯转绿，那一条街的人与车全停下来，这一条街的人与车还没有起步，这时，领头的滑板少年打了个手势"LET'S GO"，潇洒动身——"砰"一声巨响，人飞了出去，摔了个人仰马翻。

顷刻间，四个路口上的行人全体爆笑，那笑声像一场嘉年华。我大概……也笑了，多少有点担心：少年没摔坏吧？少年已经狼狈地爬起来，不好意思看众人，拎着滑板，一瘸一拐逃走了，跑得还挺快。

另一次是在天津街头，正是下班高峰时节，大家都步履匆匆。什么也没发生，我前方一个老人却突然缓缓倒下，无声无息，就像是倒在家里的床铺上。我一呆，没反应过来，已经有人扑上去探视，更多的人摸出手机，有人打110，有人打120。我一边继续走我的路，一边替这位不认识的老人忧心忡忡。

那么，问题来了，这也是你一生中猝不及防的一跤，你受不了他人的哄笑，但你真的想要同情吗？前者是善意的：你本不该如此，你应该有更好的未来，只因为愚蠢与莽撞，做了可笑的事；后者是更大的善意：你已经尽力了，你无能走得更远，此地就是你的极限。你失败了，因为你不是成功的料，我们原谅你接受你——你真觉得，后面的对待是你想要的？

有希望才有失望，有要求才有不尽人意。父母希望孩子成龙成凤，这是压力，也是父母强烈的爱意与自信：我相信我的基因我的教育，我一丝不苟养育出来的孩子，必定会发挥我的最优面。亲戚也是，他们从小听惯"这孩子聪明"的话，信以为真。孩子的表现不怎么样，亲戚们自动给这句话加了后半话"就是不用心/就是懒/就是没睡醒"——但还是认定"这孩子聪明"。他们相信响鼓也需重锤，对晚辈说几句重话，是为了让晚辈警醒。

说你情商低，是提醒你还有许多上升的空间；说你不够自律，是看到了你自律后的无限未来；叫你要自觉，其实是在说你被监督下表现还是不错的，但监督人最好是你自己……

批评、指责乃至嘲讽，都让人浑身上下不舒服。但也许，这样的不舒服才能给人"跳出舒适区"的动机。

很多话，也许换一个表达方式，年轻人更易接受。但是，婴幼儿喝的药才掺上大量的糖浆，成年人，是要有一口白水咽苦药丸的觉悟的。

到长大，你会发现，身边全是随口的赞美，"你又瘦了""你真不错"……不是你真的逆生长，也不是你真的很优秀，只是没人在乎你的成长。烂泥扶不上墙，那不扶也罢；朽木不可雕也，扔回原处就是。你堕落成社会渣滓了，就像冯小刚演的老炮一样，身边也没人给他一句重话——都这样了，说你还有用吗？你废柴了一辈子，看死你永远是个死废柴。

所以，趁年轻，趁还有人嘲笑你批评你，接受这痛楚，像玉石迎向最锋利的刀。被批评，实在是奢侈的幸福，代表了最大的肯定，代表了说话的人根深蒂固的信仰：你能飞得更高，跑得更快，做得更好。

因为慈悲

王张应

戊戌年春节后，打电话给一位老师拜年。久未谋面的师生二人，在电话里聊了一会儿天。

老师是我四十年前的老师，我跟他上的小学，是他将我送进了初中。当然，后来老师也成了中学教师。在学生眼里，这位老师与众不同，他身上明显多了些古典文雅的气质。平时除了也要和学生一道喊喊口号，便偶尔还会说些让学生眼睛发亮的"之乎者也"，课余时间教学生诵读唐诗宋词，这在当年的小学校里很是罕见。我时年幼小，却隐约知道，他在很长一段时间里不是正式教师，只是一位报酬很低的代课教师，家庭成分关系，他考上了大学却去不了大学。

四十年后，我在给老师打电话时，把电话那头的他依然想象成身材瘦高、面容清癯、举止斯文的年轻人。他在我的记忆中便是这样一副形象。老师呢，也很快把我对上号了，说我就是那个圆头圆脸、憨憨实实的小男孩。实际上，老师不再年轻，已是年过古稀的老人。我呢，与他对上号的那个小男孩离得太远了，头发花白，年过半百。

而后聊天。于我来说，这聊天其实是倾听。老师明白了电话那头是谁，并不问长问短，倒是突兀地提起，他一直记得我的一句话。天啊，老师记得的该是一句什么话呢？

懵懂时代，我也曾顽劣，喜欢跟小伙伴们开些没头没脑、不咸不淡的玩笑，恰如后来在中学课文里读到的鲁迅引用的《幼学琼林》语："笑人齿缺曰狗窦大开。"这位老师当年可是一位美男子呀，他的相貌无懈可击，不存在任何缺陷。难道无知无畏的我，竟无中生有地冒犯了我尊敬的老师，而自己却全然不知？不会，绝不会。我于瞬间里反思了一下，很快果断地自我否定。当年的顽劣尚且有度，不至于出格。拎紧的心旋即放松下来。

老师回忆说，那应该是在1974年，我上四年级的时候。有一次，大队里召开批斗大会，学校组织全体师生参会，去接受教育。老师说他那天原本不愿意去，批斗对象里有一位是老师的妈。可他必须去，有人提溜他。白发母亲站在台上，低头弯腰接受一帮人批斗，儿子站在台下情何以堪？他只能木然，不敢出声，泪也不敢流。他的前后左右，不知有多少双眼睛盯着他瞟着他。

批斗结束，台下人群作鸟兽散。唯有一人立定不动，如一棵树，脚下生根。这人便是老师。老师在电话里说，从渐渐分散的人群里走出一个少年，走到他跟前，对他说了一句话："老师，回去吧。"老师记得，少年不是别人，正是那个憨实小男孩。批斗会后，许多学生不再正眼看老师，更不用谈见面问好。见他便躲，遇到瘟神似的。少年平平常常的一句话给老师留下了极深印象，四十多年过去，这个世界人非物也非，几乎觅不见当年任何痕迹，老师却没有忘记少年当初那句话。

说实话，我早忘了这件事。不过，老师这样一说，我还是有些印象。那天在台下看到老师的老母亲颤颤巍巍地站在土台上，我心里特别难受。由那位慈祥的老妇人想到了我的老祖母，仿佛站在台上的就是我祖母。我记得几次跟祖母一起遇见老师的妈妈，祖母总是让我奶奶长奶奶短叫着老人家，老人家摸着我脑袋如同爱抚自家孙子。在少年眼里，站在台上接受批斗的老妇人坏人不坏人的搞不清，第一反应于他脑海的还是一位善良慈爱的老奶奶。老师记得不会错，当时情境下，那句寻常问候语，我完全说得出口。

放下电话，忽觉有些奇怪。师生之间，常是学生不忘老师的话，老师的教诲让学生终身受益。在我和老师之间，老师不等我说出我一直牢记他对我的教诲之类，却抢先说出了他记得我当年说过的一句话。

仔细想想，不足为奇。只是因为慈悲。慈悲的力量，穿透了四十余年一堵厚重的岁月之墙，将当年的情景再现于人眼前。而我还是当年的我，他还是当年的他吗？

小时候，我们这样放学回家

沈嘉禄

　　小时候，放学回家，那是我们一天中最开心的时候。

　　作业都在课堂里做完了，都是自己一笔一画完成的。抄人家功课是很丢脸的事。即使最要好的同学也不会让你抄，那是害了你！如果你实在不会做，老师让你留下来，叫到办公室开小灶，直到你弄明白为止。从来没听说过额外收钱这档事。

　　有时候，我会留下来，出黑板报。一块黑板，一盒彩色粉笔，鼓捣一两个钟头，黑板上居然也有鲜花、和平鸽，还有我们写的极其稚嫩的作文。办公室里的几个老师夸我画得好，我心里像喝了蜜糖那样甜，班主任脸上也很有光彩，但是她一般不会当面表扬我。

回家路上，我像飞一样，书包在屁股上颠着。

有时候我们放学后不急于回家，因为学校体育室每周一次开放，这次轮到我们班，同学们捉对厮杀打乒乓，体育老师为我们加油，大家满头大汗，嗓子渴得冒烟，就奔到操场上嘴对着黄铜龙头喝喷泉般的沙滤水，水很甜，直沁心肺。还有各种兴趣班，谁都可以报名。我本想参加美术班的，但名额满了，只能报个作文班，二十年后我居然当上了作家。

不出黑板报、不去兴趣班，没有活动的日子，我们就直接回家。从学校到家，也就是几百米的距离，我们尽可能地延长这段时光。因为三五成群，我们可以开开玩笑，踢小石子，穿穿小弄堂，谁的兜里有钱，就买点小零嘴大家分享。盐金枣、咸支卜、奶油话李都是我们的最爱。有一个同学人品差，大家都不爱搭理他，可是有一天我发现放学后不少同学都围着他转。这家伙可得意了，很慷慨地分发各种零食。两天后他妈妈来学校了，找班主任说事。原来这没出息的同学偷了家里的钱，买了一大堆零食贿赂班里最有话语权的淘气鬼，以换得大家邀请他一起白相的机会。

你看，友谊的小船不是你想上就上得了的！

我们学校门口的这条马路上有十多家五金店，马路上长年堆放着铸铁件或钢板，经常看到工人蹲在地上用喷枪切割钢板。这是我们最爱看的风景之一，虽然惨白的火焰据说有损于眼睛。我们从小就有一个理想，我的理想经常在更换，其中一个就是从马路上得来的，我想长大后做一个能把坚硬的钢板切割成豆腐样的工人也不错啊。

有时候，我与最要好的同学一起去街道文化站看幻灯片，每人花两分钱买一张门票，一直看到天黑回家。幻灯片在播放的时候，有一个瘦瘦的男人做讲解。在那里，我看到了另一个世界，知道了应该尽可能地帮助别人，甚至牺牲自己，知道了不可以出卖组织，也不可以出卖朋友，知道了中国地大物博，同时还有许多丰富的矿藏等着我们去发现、开采。这些幻灯片对我的三观形成很有帮助。

还有一次，我与几个胆子贼大的同学一起翻墙头进入淮海公园旁边的外国坟山，在齐腰高的野草丛中，看到了许多外国侨民的坟墓，墓碑上刻着工整的英文字母和新月形图案，还有一块墓碑上刻着一个女孩子的侧面像，简笔画的风格。她十分美丽，可惜只活了十二岁！当时我才八岁，这块墓碑对我震撼极大，生命原来如此脆弱，十二岁就可以死了！

我们很快就长大了，到了三年级，我们放学后还会偷偷地跟踪漂亮的女老师，跟她一路回家，知道她家是住在尚贤坊还是文元坊。我们已经知道谁比谁更加漂亮，谁比谁住的地方更好。

在我们小时候，从来没有一个学生是家长护送来的，放学没有一个家长来接。要是真发生这样的事，这个学生就会成为大家的笑柄，再也别想抬头做人了。

噢，有过一次。有一天放学前突然下起了特大暴雨，短短几分钟学校门口就发起了大水，雨势稍减后我们一下子拥到校门口，发现有不少家长已经举着雨伞提着套鞋满世界地叫孩子的名字。我哥哥也发现了我，他举着一把明黄色的油布伞，但是我没有专属的套鞋，他就趟着水过来，示意要背我趟过这片积水。我怎么也不肯，他只比我大三岁，并不比我高大很多，于是我脱了布鞋，拉他的衣角走出了危险地带。

第二天，一切归于平静，路面异常干净，再也没有家长堵在校门口了，一个也没有。我倒是希望再下一场暴雨，这样我们就可以勇敢地冲进小河里，唱一唱《让我们荡起双桨》。

沈姨的故事藏在越剧的丝弦云板里，若隐若现

董改正

一

一直以为越剧只是缠绵秾丽的，直到听到《北地王》。

喜欢越剧，源于徐玉兰和王文娟的《红楼梦》，一句"天上掉下个林妹妹"，暗合多少少年的心事。

《北地王》我三十多年前就已听过，那时候却不知道剧名。这次无意中听到，才把几十年前的记忆打捞起来，仔细核对，正是《北地王》。我听到的是郑国凤的版本。郑是徐的弟子，徐派小生，扮相俊逸潇洒，唱腔清亮隽永，深为上海戏迷所喜爱。她凭着在《北

地王》中收放自如的表演，获得了 2013 年戏剧梅花奖。

再去搜徐玉兰的《北地王》来看，看到了不同，却无法一语道尽。隐隐悟出一个道理：即便是刚强，每个人的表现也是不一样的。就像这样悲烈的戏，何玉蓉先生的京剧《哭祖庙》，也唱得刚烈血性，伤人肝肠，而徐玉兰的《北地王》之《哭祖庙》，奔放激越之内，藏着的是柔软的心。

忽然想起温软的苏州和扬州。朝廷拘捕东林党人，酥人脊椎的评弹停了下来，苏州人前赴后继反抗"九千岁"魏忠贤，竟像了燕赵侠骨；史可法镇守扬州拒不降清时，扬州百姓誓死守城，这才有了惨绝人寰的"扬州十日"。温软后的决绝，柔婉后的刚烈，尤其动人。

这也许是越剧《北地王》动人的原因吧。

二

这部戏我听到之初大约是十岁。因为唱的人还健在，请原谅我用化名，就叫她沈姨吧。沈姨是上海人，说着一口软糯的上海话。三十年前的上海，对于安徽一个偏远的乡村湾村来说，是遥远、神秘的神话。

不知道沈姨是如何嫁到这里的。虽然她生了娇娇，至少在湾村住了有十年了，却依然迥异于湾村所有的女人。她喜欢穿旗袍，这在 80 年代初的乡村是骇人听闻的。女人妒忌，男人却不敢正眼看她。我经常看见她拎着一个精致的竹篮，露珠一般清泠着，在菜场买肉、豆腐、鱼虾，还有油条——那会儿，湾村还没有包子。她身材如柳，眉目如画，清泠泠的，目不斜视。

她就像一滴水珠，滚动在荷叶上，我总怀疑有一天她忽然就走了，从枫河森森的水面，或是从枫林迢迢的村路，再也不回来了。

但她竟没有走。她不种田，也不与人打牌闲聊，买好东西后，就进了院子，关了门，在家嗑瓜子，听戏。她埋在暗影里的样子，就像一首意义不明的诗歌，让人着迷。

我是能进入她家屋子为数不多的人之一。我和沈姨的女儿娇娇是同学，娇娇从小便与村里的女孩子大不一样，她精致、清婉。她家有留声机，有荸荠色的家具，她家的床是雕花的，被面是绣着凤凰牡丹的丝绸。她家有精致的碗碟，都印着美丽的青花，不同的菜会盛放在不同的碟子里。沈姨对人一概微笑，却是那种让人却步的客气。对我，沈姨算是很好了。那一年春天，我采了一束映山红，敲开了沈姨的门。沈姨站在门后，看着我的样子，"噗嗤"一声笑了，眉头倏地打开又倏地聚拢，食指点了一下我的额头。

这么多年过去，那朵笑，依然像黑夜里璀璨的礼花，在我的星空下绽放。

一个秋日，我去找娇娇玩，走到院门外，听到沈姨在屋里唱戏，唱得摧枯拉朽。很多年后，我才知道她唱的是《北地王》之《哭祖庙》一段。

这段唱腔，之后我听她唱过很多次。在湾村爬满青苔的巷子里，悲痛淡了，苍凉的况味更多一些。

三

沈姨有一天忽然就走了，这事发生在我到外地读书之后。那时候的娇娇，也十四岁了。小学五年级时，她便留了级，我们渐渐生分了。她母亲离开的那年，我们在桥头遇见，居然没说一句话。所谓人世沧桑，其实只是人心感念而已。

听村里人说，村里同时消失的还有一个男人。他是个高中毕业生，高大，颇有几分英气，不种田也不做事，靠着家里在街上的几间房子收租过日子。他是有点好吃懒做的，却不大讨人嫌恶。他是个有趣的人，会说笑，会吃，会打牌，桌球打得好，有一帮留长发会唱《冬天里的一把火》的朋友。有人看见他经常去她屋外听她唱戏，听得抽泣，或是嚎啕，便据此怀疑，他们是惺惺相惜，私奔了的。

听人说，娇娇的爸爸从上海回来后，丧魂失魄，常常一个人喃喃自语：真没想到，我们感情好得很啊！

也许他没想说出来这句话，甚至，他以为自己只是在心里说的，并没有说出口。但人们根据这句话，演绎了许多故事，话题大多不脱离男欢女爱。

没几个月，沈姨却又回来了，这比她忽然出走更让人吃惊。她从三轮车上扶着车架，先放下一只脚，然后是下一只，当她整个人站在湾村的大街上时，街上一定是静默了若干秒。沈姨目不斜视地走着，依然是旗袍，清清爽爽的，干干净净的，就像是刚刚去了趟镇上，买了点吃的，寄了封信。

男人是在几个月后回来的。

在男人回来前的这几个月内，娇娇的家中常常能听见娇娇爸爸愤怒的咆哮声和痛苦的嚎啕声。沈姨的戏没有再唱。她的屋子之外，流言就像冬日的风，一小股一小股地流窜，而她眉目清冷，高跟鞋敲着石板路，"嗒嗒嗒"，"嗒嗒嗒"，浑然无事。

四

那时候我不明白，活得那样骄傲的沈姨，为何会唱那样的悲戏。便是现在，我读过一些书，走过一些路，见过一些人，经过一些事，依然不明白在她的生命里，究竟发生了什么。我不相信他们所说的桃色故事。每个人的人生都是草灰蛇线，我找不到她关于爱情的痕迹，我没听她唱过《红楼》或《西厢》。一个精致的女人怎么会没有爱情呢？但她的寂寞一定远不止于爱情。

《北地王》是一折历史戏，初名《国破山河在》，诞生在烽火连天的 1947 年，徐玉兰饰北地王，许金彩饰崔氏，由玉兰剧团在龙门戏院首演。故事说的是邓艾伐蜀时，大军兵临成都城下，后主听从谯周之策，要开城降魏。后主第五子、北地王刘谌坚决请战，被其父赶出大殿。其妻知情，伏剑殉国；刘谌杀子，赴祖庙哭告后自杀。

写戏的时候，演戏的时候，以及故事发生的时候，都在烽烟之中，要说的是忠臣孝子、家国烈士之事，目的在于催人奋起，不关爱情。1957 年重演时，改名《北地王》。2013 年，影视剧都开始消费爱情了，郑国凤再演时，也为崔氏加了戏，但依然与爱情无关。唱到《哭祖庙》一折时，乐声紧锣密鼓，唱做紧张繁重，大段"弦下调"，导板、快板、跺板多种板式如璀璨的舞台灯光交相辉映，音调高亢激越，感情悲愤壮烈，待到高潮部分"把先帝东荡西扫、南征北剿……白白断送在今朝"这一句，如快马衔环疾走，如云水裂石崩岸，音入云霄，声震屋宇，情动人心。

"呼天痛号进祖庙……夜沉沉风萧萧，满地银霜；月朦朦云迷迷，越觉悲伤；悲切切恨绵绵，国破家亡；泪汪汪心荡荡，妻死儿丧！怪父皇少主张，懦弱无刚；大势去又可比，病入膏肓。山河破社稷倒，一场恶梦；到如今哭祖庙，我泪洒胸膛……"

80年代时，才三十五六岁的沈姨，她能有什么样的家国之痛，别离之愁？她有过什么样的爱情？或者说，她期待什么样的爱情？

或许，她只是爱越剧。越剧契合她的精神气质，她的心是柔的，而她的情是激烈的、滚烫的，如江河奔腾翻涌的，那么除了越剧《北地王》，还有什么可以宣泄自己？

很多时候，我们的生命需要的不是内容，而是形式。

越剧《北地王》，便是沈姨的形式。她的故事藏在唱腔、丝弦云板里，若隐若现。

五

从 1964 年到 2013 年，整整五十年间，《北地王》一直没有重演。

由于人事或出于自我发展的考虑，徐派小生郑国凤曾经离开。2013 年 3 月，郑国凤携着全本《北地王》返回上海，请恩师徐玉兰把关。92 岁的徐玉兰亲临剧场，还拉来了几十年的老搭档、"黛玉"王文娟。青春杳杳，白发相对，戏里戏外，令人无限感怀。

这场演出，观众近二十次起立鼓掌，这是一部好戏，后来郑国凤凭它获得了第 26 届戏剧梅花奖。不知道回到"上越"的郑国凤，宾、主易位，人世沧桑，站在舞台上谢幕时，有没有热泪沾巾？

对于得意弟子郑国凤的这场大戏，徐玉兰说道："今昔不同，有进步……她的发声什么都好，演这个戏确实不容易。"郑国凤笑着让恩师提意见，徐玉兰说道，动作还可做得大气一点。

"君臣甘屈膝，一子独悲伤。去矣西川事，雄哉北地王。捐身酬烈祖，搔首泣穹苍。凛凛人如在，谁云汉已亡！"北地王的故事是悲壮的。懂得"悲"的人，才能"壮",爱上悲壮的人,内心有一个"大"字。

娇娇成家之后,沈姨终于还是走了。村里关于她的去向众说纷纭,但都是猜测而已。娇娇的父亲从上海回到了湾村,他迅速老下去,常常蹙着眉头,喃喃自语,他还是在说那句话吗?

有人说,沈姨日后一定会很悲苦。我不这么认为,一个心中藏着"大"的人,她所要的幸福又岂止物质和安定而已。有的人,是一定要把人生过成戏才安宁的,哪怕是她的人生风雨飘摇,她却享受飘摇凄苦里的自由之美。

心 香 记

世上一切皆见缘

尔　雅

　　陆陆续续地，看到媒体上关于蔡达峰先生追忆其老师陈从周先生的信息，难免回忆与蔡老师的交集。我们班应该是他教授古建筑的第一批文博专业本科学生。毕业数年后，偶尔我短信问候，蔡先生必回复。节日兴起小诗致意，他会轻诘进入社会为何还如此诗意。也曾为不能单纯地做专业工作而苦恼求教，彼时他已是复旦副校长，他劝诫说，复旦人应以服务社会大众为先。

　　旋即，颇久未见的文博同窗延水发信息告知，解放日报社要举办《郁郁乎文哉——陈从周百年诞辰致敬展》，就在延安中路816号原严同春宅里，或也能遇见蔡达峰老师，于是欣然相约同去。

上海九月底的晴朗天气，真是让人安然。踏进"严同春宅"，中西合璧的建筑，简洁明快的院落，砖石结构与木雕门窗交替，露天会场布景与素色桌椅，带有颇多江南园林意味，雅致柔和，自然妥帖。

因为早到，得了格外的闲暇从容感受这一时刻的种种，或许，这也正合从周先生的心意。

院落里散坐多位白发苍苍的长者，大多气定神闲，听他们交流，其中不少是同济的师长，也有若干复旦的老师。远远看见石建邦学长，正想上前打招呼，又见他身旁满头华发的傅老师，忍不住本性流露与延水私语：傅老师当年教古籍文献课，我学得太过一般，还是躲着点好。又见豫园臧兄、笔墨博物馆汪老师，不及多言，却觉默契。不断遇见亲切诚恳的解放日报社同仁，全都忙碌周到且从容淡定，体现出极佳的媒体人素养。

低头翻阅《解放日报》用心做的《梓翁剪报》，1954年的《上海市郊龙华古塔修理工程昨日动工》、1959年的《誉满江南的"豫园"恢复青春　目前已基本修复暂不对外开放》、1982年的《虹口公园发现圆明园遗物》《上海第一座文物公园建成　方塔园将于"五一"开放》、1987年的《上海豫园双喜临门　400岁生日庆典本周举行东部景观修复国庆开放》，这些古典园林与文物建筑的修复全与陈从周先生有关，也让我意外得到有关上海文博的颇多历史信息。尤其是1988年11月的《南翔双塔新生记》，行文流畅地说明了双塔的历史沿革、建筑状况，周边动迁居民的配合以及文物工作者在陈从周教授的悉心指导下，付出各种努力，构画出古塔修复方案，市房建公司古建队放弃经济利益发掘传统工艺，共同恢复古塔。再看此文落款，"本报通讯员谭玉峰"，正是曾经共事多年的文博前辈。心想，能与"解放"颇多渊源，是否也是冥冥中有某些力量在引导？

身边有了轻微的波动，一抬头，原来是蔡达峰先生出现，主办方引导他先去观展。不多久，他返回，微笑着与众人点头致意。我们上前问候，近距离接触到先生，头发灰白，身形清减，不复当年校园里精气充沛地调侃和包容我们文科生绘制古建筑图的模样，只是笑容依旧亲切，握手无比温暖。

主持人王娜落落大方开场介绍，又请多位嘉宾上台回忆陈从周先生的过往。陈从周先生在古建筑、园林艺术以及诗画昆曲方面的成就无须多说。而嘉宾们平实真切的性情叙说，除了让人感受到从周先生的传统文人气格外，也让人感受到这些围绕在他身边的人，本身就有无限的魅力与很高的境界。

从周先生的长女陈胜吾老师，70多岁，却又有少女纯真模样。她提及在父亲熏陶下，家人几乎没有经济头脑，但对喜欢的事物孜孜以求；尊崇传统文化，又相当前卫，支持她大胆学习自行车、汽车甚至飞机等的驾驶操作；还提及自己年幼时顽皮，毛笔一挥，墨迹殃及张大千作品，从周先生大叫一声"啊呀"，吓得她一下子钻进书案底下，这事也就不了了之。说着说着，她又话锋一转，问向台下的蔡达峰先生：你还记得哇，我整理爸爸的遗物，是你让我将有他字迹的东西以及别人写给他的东西都留着，我是不懂，但你是学文博的，你这么说我就这么做，因为这样，许多东西现在可以拿出来展览，真是很有意义的。

台下人群报以友善笑声和感慨之声。陈胜吾老师还说，最最紧要，我爸爸看了世界各地无数园林，他始终觉得中国园林最美最好，也因他始终为自己是中国人而骄傲。

蔡达峰先生说从周先生已经逝世18年，从今再往后，自己回忆从周先生的时光要超过两人接触的岁月，先生虽然远去，但随着时间的久远，沉淀下来的必然是一些很本质的东西。比如对建筑年代"观气"而定的整体学术把握；比如年事已高却时时提笔就写，一气呵成每年一书；比如在改革开放后经历各种变化，却依旧坚守自己认为真善美的东西，哪怕因此孤独与痛苦；又比如始终言为心声知行合一，批评和表扬都很有力，因为真的这样想也真的这样做。

但听阮仪三先生提及自己当年请教城隍庙保护开发，从周先生风趣回应：送四个字，第一个字是小，第二个字是小，第三个字是小，第四个字还是小——"四小"也就是小街小巷小园林小建筑，因为这才是上海老城厢的历史原貌。又闻郑时龄先生自谦，虽然敬仰也受益颇多，但却未能真正入从周先生门下，主要还是因为当年从周先生择徒要考昆曲，自己实在没有这个根基，只能望而却步。谁料想，另一同济师长登台"不留情面"反驳说：时龄你记混了，当时不是要考昆曲，是要考传统国画，我还追着先生问是画人物还是花鸟。台下依然善意笑声。郑时龄先生也面带笑容，毫无芥蒂。又有陈子善先生发言，一贯的精炼风格，他非常严肃认真地呼吁大家不要忽略从周先生在30岁上下编撰《徐志摩年谱》所体现出来的博学，以及这本年谱对后来其他文化名人年谱编定的带动作用。

听着听着，思绪散漫。我之选择文博，因真心喜爱文物，进入博物馆，为它的公益服务理念所折服，20多年职业生涯，坚守率真，并不顺遂。然而在这些先生面前，我的一些所谓委屈是多么微不足道。也后悔自己准备不足，应该带上纸笔，埋头记录，一如当年在复旦课堂听历史系文博系诸多老师精彩讲课，可以心无旁骛，笔下生风。

转至二楼展览，小巧而雅致清淡的空间里，每一件展品都值得细细揣摩，从周先生的书、画、艺，对古建筑的痴迷，对园林的理解，对昆曲的挚爱以及与身边友人的往来，皆在其中。观看良久，更觉自己浅陋。

入夜，再翻《梓翁剪报》，从周先生在1991年11月刊登于《解放日报》的《〈世缘集〉后记》一文中说：我在世上一切都见缘，人也许是缘中占最突出的地位，还有其他的一切。我与风景园林、昆曲、书画、古建筑等都是缘。

文末说："我近来对青年人总教他们惜阴、惜物、惜情，脱离一点低级趣味。光阴者百代之过客。我自知不是作家，我也不为因文而造情，草草的文字，原不值一钱，不过记得世缘而已，说者望勿以迂陋而见责也。秋凉如水，旧游如梦，梦回莺啭，记点梦痕而已。苦海无边，回头是岸，晚晴天气，梓室中书此后记。"

世上一切都见缘，秋凉如水，旧游如梦，梦回莺啭，记点梦痕而已。

什么叫耐看

王太生

实事求是地说，有些女子长得不算很漂亮，但是她耐看。比如，芸娘，长相也不是太出众，却极有气质和品位。

《浮生六记》里说她，"其形削肩长项，瘦不露骨，眉弯目秀，顾盼神飞，唯两齿微露，似非佳相。一种缠绵之态，令人之意也消"。虽笑而露出两颗小白牙，少一点点佳人神韵，却是很耐看。

芸娘聪慧、灵动，懂生活。清明扫墓，她见山中顽石有青苔纹，便捡石回家叠盆景假山；丈夫的朋友来家里玩，她卖了自己的钗子来沽酒，没有半点犹豫之色；油菜花开时，她雇了馄饨担子给丈夫的赏花会准备热酒热菜；夏天荷花初开，待晚上花朵闭合时，她用小纱囊，撮了少许茶叶，放于荷花蕊浸润，次日清晨取出，烹雨水泡茶……

美艳或俏丽，很大程度上是打扮出来的。有的女子不施粉黛，乍一看，没有什么惊艳面庞，天长日久，却是耐看。

从前城里人以瘦为美，农村人以胖为贵。庄户人家的儿媳妇刚过门时，也没有觉得她长得出众，细眉毛、大眼睛、矮身材，微胖，相貌平平，谈不上美艳，从她平时的举止看，围灶抹锅，割麦插秧，笑吟吟，慢性子，遇事不急，一脸和气。时间久了，相夫教子，日常生活中却是耐看。

耐看是气质。气质佳的女子，必是耐看的女子。

耐看是脾性。好脾气好性情的女子处世不惊，平平淡淡。

耐看是脸庞有满月之色，面带喜气，眉眼生动。

与芸娘相比，秋芙是中国古代另一个温存女子，从蒋坦《秋灯琐忆》看，虽无西施、貂蝉之貌，但也很耐看。

秋芙慧聪智敏，风流蕴藉，梳的是堕马髻，穿的是红纱衣；她会做一种很美的绿诗笺，是用戎葵叶和云母粉一起拓染成；她还抄过《西湖百咏》，书法不是上佳，但字迹秀媚。酷热的夏夜，他们去寺庙游玩，遇一场大雨。雨后竹林清风飒飒，山峰如黛，又遇到有趣的查姓僧人留他们吃饭，秋芙兴致所至，题了诗，还弹了琴；春天，秋芙拾桃花瓣砌成字样，却被狂风吹散，不禁怅然；丈夫给她画梅花衣，"香雪满身，望之如绿萼仙人，翩然尘世"；秋芙在丈夫无钱招待朋友时，"脱玉钏换酒"；秋天的傍晚，丈夫听屋外秋雨，提笔在蕉叶上写诗，"是谁多事种芭蕉，早也潇潇，晚也潇潇?"第二天见叶上有续写笔墨，"是君心绪太无聊，种了芭蕉，又怨芭蕉"，工整端丽，又有意趣——天下耐看女子，莫过于此。

耐看，有一种日子长短的美丽。月下弹琴的女子，姿态耐看；雨巷中撑油纸伞的女子，背影耐看；初夏风中卖栀子花、白兰花的女子，神态耐看。

画中人耐看。民国女画家潘玉良，从学生时代留下的照片看，高颧骨、厚唇、矮身材，表情严肃。她画过一幅自画像：柳叶细眉，细长的眼睛，红唇饱满，中式盘发精致，黑色旗袍典雅……人物的面部五官被弱化，气质烘托而出，端庄的仪态，反映了她的内心，变得耐看。

多年前，在小城，经常会遇见一两个长辫子姑娘，她们梳着两根粗黑的大辫子，长发过腰，绝无娇惜；语气轻柔，人很安静，有一种古典气质美，很是耐看。

所以，林语堂说，芸娘和秋芙，是古代中国最可爱的两个女子。我倒觉得，她们是两个耐看女子。

当然，耐看不仅仅止于女子。

花开半枝，耐看。花开半枝，半开半闭，此时花苞尚未完全打开，开了一半的花骨朵儿，真的耐看。

画有留白，耐看。一页宣纸，有山有水，山峦起伏，水流逶迤，画不是撑得满满的，只有一人、一舟，一人如豆，一舟如荚，多留空白，让人观者回味，看了又看。

文有韵味，耐看。有些文，长则长矣，读起来不觉得长，是因为它好看，耐看；有些文，短则短矣，反复读并不觉得无味，也是耐看。《陋室铭》，横竖八十一字，却是字字珠玑，真的耐看。

山有险峻，耐看。灵性山水，云雾缭绕，珍禽异兽，奇峰怪石，林泉高致，似有隐者大笑，刚刚离去，空旷山谷，不绝如缕。如一人独坐敬亭山，青山与我，相看两不厌。

庭有格调，耐看。朋友相中一处转租的饭店，用来做民宿，那家饭店由于位置较偏，门庭冷落，撑不下去。朋友相中饭店在城河边，后面有一块古城墙遗留下的土埠，荒芜多时。朋友依地势遍植花木，于半坡辟露台，让人喝茶聊天。下掘池，养红鲤数尾，引半坡之水，跌落其中，似有金石之声。初夏，香草蔓长，菡荷初醒，土埠上有一棵野桑树，紫色果、绛色果，已然老熟，引鸟儿争啄，风一吹，纷纷跌落。人坐在高处俯看，整个民宿，草木氤氲，翠色可人，还真是耐看。凡尘忘事，一看好半天。

若难坦然独笑，何妨静坐听雨

甘正气

《无问西东》毫无预兆地抢占了微信朋友圈，它总有一些什么触动了你。

它的情节、画面、演员似乎都看点十足，四个故事如"草蛇灰线，马迹蛛丝，隐于不言，细入无间"，虽没有画外音，但并不难懂，精巧的衔接让其叙事的流畅性、整体感均超过大多数影片。

这是一部洞悉人性的影片，也是一部刻画人心的力作。

它的表现手法有时出人意料。如，正在被示众批斗、被侮辱与被损害的王敏佳，却突然笑了；猛烈的暴雨如撒豆击鼓般不停敲打铁皮的屋顶，一再努力提高声音的教授终于不再言语，转身在黑板上写下四个大字：静坐听雨。

王敏佳为什么会笑？

是因为有眼无珠爱上懦弱的李想而嘲笑自己？是因为坚持不供出同谋李想，让他如愿以偿，听到他作为模范致辞，于是开心地笑？还是人性的黑暗被突然看透，反复思量确信自己的抉择是对的，写匿名信打抱不平也好，独自承受抨击也罢，只是求仁得仁，都无怨无悔，为自己感到骄傲而笑？

鲁迅说："最高的轻蔑是无言，而且连眼珠也不转过去。"这是轻蔑的最高层次，不是人生的最高境界。夏瑜被阿义打了两个嘴巴，没有求饶也没有斥责，而只说"阿义可怜"，也还不是最高境界。

梁实秋曾在一篇关于骂人的文章里写道，当骂人者暴躁不堪的时候，"你不妨对他冷笑几声，包管你不费力气，把他气得死去活来"。这仍然是对骂的格局。

影片中王敏佳面对众人诋毁时那微微一笑，比痛哭、大骂、无言、冷笑、怜悯，都更有力量。这是一种猛醒，一种彻悟，一下明白了由于自己美貌可爱而遭到女同事深深的妒忌，明白了错不在己而在人，明白了牺牲自己成全别人的高贵。她通过严酷试炼看清了世道人心，仿佛今朝闻道，大可含笑夕死。刹那间，她好像感到，被剪去长辫、被众人谴责的不是她王敏佳，而是别人。她站在台上，已经跳出纷争，置身事外，好像"站在一座高出一切山陵的真理高峰，目睹下面谷中的错误、漂泊、迷雾和风雨"，感到莫大的乐趣，于是笑了。是这样吗（也是一种解读吧）？

最容易的是自怜自伤，最难的是坦然独笑，李白有时也没能做到，他愤懑与自我安慰道："世人见我恒殊调，闻余大言皆冷笑。宣父犹能畏后生，丈夫未可轻年少。"陀思妥耶夫斯基做到了释然，他说："我只怕我配不上我承受的苦难。"能独自坦然笑对痛苦的，似乎并不唯圣者——哪怕只是一瞬间，王敏佳是如此，笑看自己脱落的大把大把头发的陈鹏是如此，驾驶中弹的飞机笑着撞向敌舰的沈光耀更是如此。

能让他们坦然独笑的不是别人的鼓动，不是自己的盲从，不是一时的冲动，而是心中的光明。沈光耀的母亲说："我怕，你还没想好怎么过这一生，你的命就没了。"最终，让沈光耀捐躯赴难的，是他已经想好应该怎么过一生。只有这样，才会毅然决然，才会视死如归，甘之如饴，如同韩愈笔下的伯夷，即使全世界都反对他，他也义无反顾。为什么？"信道笃而自知明也！"否则就容易动摇，就像吴岭澜看到成绩好的都学理工科就不顾自己的爱好也去读，一旦考试不理想就怀疑自己的能力，因为他开始的选择不过是从众而已。

孔子说："智者不惑，仁者不忧，勇者不惧。"他将智者放在仁者勇者之前，或许他内心深处也觉得只有不惑才能真正不忧不惧。异域有段著名的祈祷词："请赐予我坚持的毅力、放弃的魄力，并赐予我辨别哪些应该坚持、哪些应该放弃的智慧。"似乎无论中外都认同一点：辨惑是笃行的前提，内心定见才是外在定力的基础。

面对苦难，一般人很难微笑，那就静坐听雨吧，放松，深呼吸，当你静下来时，蝴蝶才会落在你身上。

庐隐的绝版风景

鱼　丽

重新认识庐隐是一个奇特的过程。十年前的一个夏日，翻开上海女作家蒋丽萍写的《女生·妇人》，此书获"白玉兰文学奖"，乳白色的封皮，恰有白玉兰那纯美的情绪，引人遐思。

据作者介绍写作的缘起，才知"庐隐刚于外柔于内的矛盾性格和缠绵跌宕的感情经历……点点滴滴的回忆如同画家的笔触，渐渐在我脑子里画出了一幅本世纪初四位女子的肖像——色彩缤纷而又不胜凄凉"。

窗外细雨淅沥，那也是一个奇特的阅读过程。这部《女生·妇人》，是蒋丽萍与"五四"老人程俊英先生合作，所写的是程先生们的故事，与她的时代相距有半个多世纪，人和事都已泯灭在时光的烟云之中。

被称作"学海晚霞"的程俊英先生，著有《应用训诂学》《诗经译注》《诗经注析》等，她的"回忆杂著"，多为回忆年轻时的师友，特别是女作家庐隐，还有王世瑛、陈定秀等密友。

20世纪初，北京女子师范学校国文专修科有四名女学生，深受新思潮影响，跻身五四运动，接受新思想、新文学的洗礼。在五四运动中，她们为妇女解放和独立自由勇敢走上街头，游行集会，开中国女性参政之先河。由于她们兴趣相同，学术相讨，生活相共，统一穿民国女生装，参加各种组织，编辑刊物，时人称为"四公子"。她们受业于李大钊、胡适、刘师培、周作人、黄侃、陈中凡、胡小石等名教授，名噪京华。当年她们的同学、作家苏梅（雪林）与她们四人相熟。陈定秀美而秀，苏作诗形容"子昂翩翩号才子，目光点漆容颜美。圆如明珠走玉盘，清似芙蓉出秋水"；庐隐雄而有侠气，苏誉为"亚洲侠少气更雄，巨刃直欲摩苍穹。夜雨春雷茁新笋，霜天秋淮搏长风"；程俊英温静少言，苏说是"横渠肃静伊川少"；王世瑛俏丽，苏评为"晦庵从容阳明俏"。最后还总结说："闽水湘烟聚一堂，怪底文章尽清妙。"以此突现"四公子"中定秀之美、庐隐之雄、世瑛之俏、俊英之少。在李大钊执导的话剧《孔雀东南飞》中，程俊英饰刘兰芝，陈定秀饰小姑，以姐妹情来演姑嫂情，别有情致。

20 世纪 30 年代与冰心齐名的女作家庐隐，即"四公子"中最活跃的一员，她的成名作中篇小说《海滨故人》，就是写她们在校时色彩缤纷的生活。小说中露莎、云青、玲玉、宗莹分别指庐隐自己、王世瑛、陈定秀和程俊英先生。

《海滨故人》书中写到四公子毕业为止，而程俊英先生的小说则从四公子毕业以后说起，直至四人中三人英年早逝。其中，有程俊英和心理学家张耀翔先生在祈年殿定情；有王世瑛与郑振铎一段没有结果的恋爱；有陈定秀后来的遇人不淑；有庐隐刚于外柔于内的矛盾性格和缠绵跌宕的感情经历……时间是一个筛子，漏孔里的光影陆离斑驳，书中那一幅幅 20 世纪初的四位女子的肖像，色彩缤纷而又不胜凄凉。

《女生·妇人》前半部，是将庐隐的《海滨故人》重写一遍，后半部，则是将程先生所写的续《海滨故人》重写。程俊英先生的续《海滨故人》属于她自己的回忆录，虽然沿用了《海滨故人》里主人公的名字；《女生·妇人》则继续沿用这四个人物的名字。蒋丽萍用落英缤纷的写法，为这"五四"四女性画了肖像。其中关于庐隐的内容最为生动感人。

庐隐，福州闽侯人，原名黄淑仪，又名黄英。她和福州籍作家谢冰心、林徽因都是出色的中国现代才女，世称"海滨故人"。在中国白话文运动之初，她与冰心、石评梅齐名，在弥漫小资情调、盛行奢靡华丽文风之际，她已经远远超越了她所处的时代，创造出独树一帜的文体。

庐隐无疑是独特的，因为童年时特殊的经历（1899年5月4日，庐隐降临人世的这一天遭遇了一个亲人的死亡——她的外祖母在这天去世了），这一带有不祥色彩的征兆，使她在家中遭到厌弃，也养成了她执拗与乖戾的性情；但同时，与她的文字一样，庐隐敏感细腻，热情绮丽，在短短36年的生命中，活得跌宕起伏，又富于悲剧色彩。她的影像也极有不同寻常的特质：棱角分明，线条坚硬，眼神和嘴角流露着倔强的逼人之气；不柔和的气质，异常清晰。她的面容都是严肃而紧绷的，且流淌着一种苦涩，极易让人感觉出这张脸的"苦相"与清薄。即使是20世纪30年代初在上海与丈夫李唯建的合影中，庐隐的表情也是紧绷着，没有松弛感，真是让人觉得不可思议。

庐隐豪爽磊落，是个性情中人，1920年，她以"取隐去庐山真面目之意"的笔名庐隐，写了第一篇短篇小说《一个著作家》发表在《小说月刊》上，从此叱咤"五四"文坛。茅盾说，"五四"时期能注目于社会革命性题材的女作家，庐隐是第一人。

　　叛逆的庐隐无惧家庭歧视的目光，也不顾沸沸扬扬的社会舆论，独自行走过她人生的一站又一站。她的恋爱惊世骇俗，经历坎坷曲折。她不满表亲林鸿俊思想平庸，主动提出同他解除婚约。1923 年，她不顾社会的非议，家庭、朋友的反对，与有妇之夫郭梦良结婚。唯有苏雪林为她辩护说："不应当拿平凡的尺，衡量一个不平凡的文学家。"可惜好景不长，1925 年，爱人郭梦良突然病逝，身心疲惫、痛苦不堪的庐隐带着女儿送爱人的灵柩回故乡福州安葬。庐隐在郭家居住时，遭婆婆处处刁难，连晚上点煤油灯都被痛骂，于是她不得不从福建再返上海。在福州，她曾到鼓岭为郭梦良整理遗稿。写了短篇小说《时代的牺牲者》和《房东》。前者把婚恋当成社会问题提出，后者描述了鼓岭的旖旎风光和淳朴乡情。1928 年，她认识了比她小 9 岁的清华大学学生、诗人李唯建。1930 年，倔犟的庐隐罔顾一切反对的声音，与李唯建结婚。她说："在我的生命中，我是第一次看见这样锐利的人物，而我呢，满灵魂的阴翳，都被他的灵光，一扫而空……"这就是他们相爱的基础。1931 年，他们东渡日本，寄居在东京郊外。行前，她将两人的信件《云鸥情书集》（共 68 封情书）交由天津《益世报》连载。一年后，上海国光社出版了这本充满狂热情话的书信集。

两人回国后，李唯建受聘于中华书局任职外文编辑，庐隐则任教于法租界工部局女中。生活幸福，她的文学创作也激情洋溢，仅仅在 1931 年至 1932 年短短两年间，就创作了两部长篇小说《象牙戒指》和《火焰》，还有《飘泊的女儿》等 20 余篇短篇小说，此外还有许多散文、随笔。

风流总被雨打风吹去。1934 年，历尽坎坷的庐隐难产死于上海大华医院，离开了这个令她爱恨交加的人世，安葬在上海公墓，年仅 36 岁。诗书满腹气自华的女作家，从此将灵魂留在了文字里。

不坠青云志，鹓鸾气自雄，"四公子"中的程俊英先生曾被郑振铎誉为"一朵水仙花"。当她续写《海滨故人》时，有着饱满的女性情感和令人回肠荡气的命运的感伤。蒋丽萍是一位有责任感的写作者。她感慨："一个与世纪同龄的老人，竟能如此充满激情地回首当年，就像在一个万物凋零的季节突然见到了满树繁花一样。"她从程俊英先生手中接过写作的接力棒，跑到了终点。女作家王安忆曾经如此评价《女生·妇人》这部作品："四公子"中，露莎是最坚执这妄想的，其他人，或是比她命好……当她们进入现实的命运之后，大时代给予的人生蓝图都变形了，唯有露莎，以一种近乎偏执的坚决，牢牢守着这蓝图，结果是，飞蛾扑火。这不由让我想起庐隐的《云端一白鹤》："云端一白鹤，丰采多绰约。我欲借据缴，笑向云端博。长吁语白鹤，但去勿复忘。世路苦崎岖，何处容楚狂?"颇似她本人的性情写照。

七月在野，八月在宇。命运就是这样，以它不可预测的力量开着玩笑。庐隐这一个颇具革命性的女性，还是落入了传统的命运窠臼。灵海潮汐在，一个著作丰富、内心真实的女作家已隐去。她的生命虽短暂而坎坷，却画出了自己的宝贵曲线。

少年人的清新是相似的，中年的油腻各有不同

程果儿

在一次活动中偶遇王姓同学。一别已过二十年，面貌如水中倒影，波动松弛扩张，我认真辨认方才叫出名字。料他见我应如是。我问：你与初中同学聚会吗？他说，哎哟（这一声拖得绵长），哪能不聚，现在幼儿园同学都聚会。一句话让我这交际稀少的人很是羞愧。

晚上我同学招呼一众人吃饭，坐定，介绍单位名称，冗长陌生，最后只记住解释说明：我们单位在上海买了地、在北京买了地——力求做政府的钱袋。

他少年时聪明过人，不甚用心，成绩也列上乘，举手投足自有一份孤傲之气。二十年时间，上大学，入机关，如今是单位里部长一级人物。

席间闲谈，说起我爱写写字，他说：那还不简单？我给报社打个电话，今天发，明天就能登出来。又说起入省作协的事儿，在他口中，打个电话分分钟就能解决。

我们老家在一个镇子，他问起我妈家的房子拆了没有。我道：应该不拆了，省里出钱，把路都重新整修一遍。他打个哈哈：要拆还不容易？我这就打个电话……

一顿饭吃下来，我深深觉得，在我同学那里，任何难题都不算事儿。他生生把一米六的个头，打造出姚明般的气概。

活动结束后赶长途回家。车上几人随意说着话，我侧耳听后座聊天内容。与我差不多年纪的男子，是今年过来交流的人员。聊起孩子的阅读，他说：小时候想读书没书读，现在书有了，根本不想读。又幽幽说道：我现在对什么都不感兴趣，连玩都不想出去。停一停，说：就愿意带带孩子。

我在心底哂笑，又一个油腻中年。

少年人的清新是相似的，中年人的油腻各有各的不同。但油腻逃不脱两种，一种折腾得太猛，一种停滞不前。

少年人自信，是相信自己与众不同，定可成一番大事。人到中年，知道操控不了整个世界，但足以在自己地界里折腾出水花，且要越大越好，方才显出重要。言谈托大，仿佛自己无所不能。其实，也不过见过一个泥潭的天地。在潭里吃过许多的盐，就把经验说给年轻人听。看他们唯唯诺诺，难免生出德高望重的错觉，便一味地好为人师。

少年人的清新，是腾龙渴望天空的睥睨；中年人的油腻，是泥鳅在浅水里的乌烟瘴气。同样在吻边长着须，泥鳅因为折腾得凶，风度比龙差太多。所以，要学会相对的沉默、适当的缄口。孔子的中年姿态应该是好的，很少主动说话，总得等学生讨教，说也不过三两句。他认定，君子耻其言而过其行；君子欲讷于言而敏于行。他一定认定：说得多不如做得好。

我同学的油腻还算积极，至少让自己保持旺盛生命力，见机而行，随事而动，所到之处，都有油亮亮风度。我同事的中年状态，则近似凝滞的油脂，板结固定，非得遇高温才可以有所改变。

人到中年，不一定走过许多地方的路，行过许多地方的桥，但总认为对人生知道太多。下坠是常态，精神肉体不复少年时的轻盈。不会去扑蝶，不会去葬花，更不会起诗社。对世界失去兴趣的中年人，也不是无事可做，只是更接近宝玉的老妈。王夫人生活的全部是看着儿子、防着丫头、数着念珠。凝滞板油型的中年，感兴趣的东西越发地少，一脑子想及的，不出位子、车子、票子、房子。当然，还有孩子。

烈火烹油，鲜花着锦，青春浪费，可是好看。如果《红楼梦》只写王夫人的生活，一样是曹公锦绣文笔，还会有几多人爱看？退一步说，写王熙凤与贾琏的日常，估计又成了近似《金瓶梅》的故事。爱《红楼梦》的人，都有一颗少年心。到看得出《金瓶梅》的好，一定得镀上生活的油光。

然而油腻又绝不止在中年人身上出现。我见过不进取的青年、不善良的少年，他们提前到达人生的高原期。耻笑中年人的皱纹，唯以年轻容貌为傲。认为年轻可以换取一切，靠脸，靠身体，靠一点点机灵，或者残忍。所以，才会有一条条油腻的段子、庸俗的视频、耸人的听闻、下作的评论……这样的青春也泛着明晃晃油光，就像读过《红楼梦》的我，不认为贾环拥有真正的青春一般。

青春可以出现在每个年龄段。它积极向上，干净清新。有对世界的热爱渴望，也有对自己的害羞敏感。年过四十的董卿、李健，没有中年人的油腻感；年至耄耋的杨绛先生，也仍有一股子清气。

对抗油腻，不过要保有几种"心"。对世界致以好奇之心，对自己与他人常怀尊重之心，不失怜悯心、进取心，偶尔还可以有童心。说来容易，做来甚难——我自己也是个油腻中年。

我喜欢高晓松和马未都，一位年近五旬，一位早过耳顺。他们不显油腻，当然，"矮大紧"的脸除外。

世事总在拐角处出人意表

周苇杭

陡然间有了大把的时间。

不再烟熏火燎切丝调味油煎火烹，而是安闲地，一杯咖啡几片饼干，优哉游哉对着窗外的风景，发呆。我特地把高高的吧台椅搬到窗前，这样视野更广阔些。窗前的广场上闹热非常，跳广场舞的大妈，轮滑的大孩子、小孩子、半大孩子，陪孩子的爸爸妈妈爷爷奶奶，手牵手的大情侣小情侣……外面愈是热闹愈发衬出家里的静。

多好啊，多难得啊。电视、网络、手机都被我屏蔽了。古有闭门即是深山一说，而在当下则是断网即是野人。野人好啊，我就当回野人吧。

野人自有野人的乐趣。花瓶中的康乃馨枯萎了，枯萎有枯萎的韵味。时光的腌制、空气与风的手泽、阳光的吻痕，一一呈现在曾经华艳丰腴而今褪了胭脂的清肃禅寂的干花上。它把以往一门心思外放的光华与芬芳一点一点往回敛，敛之又敛，收之又收，瘦成这一把萧森艳骨。与之相对，凡俗如我，亦幻想摒弃尘世的浮花浪蕊，转而追慕深山隐者的致虚极守静笃了。

唐人在诗歌里所吟咏的"山空松子落""清泉煮白石"，是静极之动，淡极之芳，活泼泼的。奈何溯游从之，道阻且长啊。我还是转而依恋人间烟火吧。

窗外不远不近不大不小恰到好处的"喧嚣"，也算我的"山空松子落"吧。一杯清咖，几片饼干，无疑就是"清泉煮白石"了。食毕，放下杯子，便跳下吧台椅开始琢磨插花。

把花束上淡紫色的包装纸拆掉，原先那么鲜润明艳的一大束花儿，只剩一把萧萧瘦骨。从红艳凝香到"老树枯藤"，由曾经的绮罗香而有了金石味。各有各的好法，难说谁比谁更怎样怎样，看各自的心情与口味吧。

眼下手中这几枝干花，肯定是不能再插在这广口的青花瓷瓶里了。

当务之急我得给伊重新落户。酱油色细嘴圆腹的土樽吧，显得这几枝干花过于萧瑟荒寒；精致细瓷儿的小花瓶吧，把伊反衬得过于憔悴枯槁，令观者有君生我未生、我生君已老的叹恨；绘有简笔图案的仿红山陶土瓶配上倒好，就是瓶口太阔——插花堪比觅知音，难免众里寻他千百度。

左顾右盼翻箱倒柜间，可算让我逮着了。

一只埙。土红色，六孔儿，上有纤笔勾勒的飞龙。这还是旧年我在北京地坛庙会上陶登儿的呢。开始我还"呜呜"地瞎吹一气，那来自地母的声音啊，浑厚苍古，那样好！所谓朴，所谓拙，就是这样吧。宝着，贝着，警告小喵千万别给我弄碎了，陶土烧的物件，可不经磕碰啊。磕碰倒没有，也不知是谁摆弄完就把埙撂在了窗台上。一天，我要把它归置到博古架上，顺手一拿，坏菜了！好好的一只埙，怎么就掉底了呢？把它翻来覆去地摆弄着，终于弄明白了。既不是摔的也不是碰的，是润物细无声的水惹的祸——冬季这个窗台渗水，日复一日，神不知鬼不觉间就把底给化掉了！真是百密一疏啊。恰如坑灰未冷山东乱一样讽刺！好好的埙，就这样成了残器。

残器我也宝贝着，舍不得丢弃，搁在博古架上，冒充完整器。只是它又像足下的大地般深深地沉默了，不复发出呜呜呜的声响。

这会儿我异想天开要拿来插花！

一试，果然别开生面！这几朵暗红浅褐的干花就是这埙吹奏出的音乐吧！如是我闻啊！如是我闻！

世事总在拐角处出人意表。

先前的一切不过是铺垫——破损的破损，干枯的花，二者是八竿子也打不着地远。远如亚马逊河边热带雨林中一只扇动翅膀的蝴蝶，与飓风中一栋支离破碎的德克萨斯州小木屋。

自然，一般人等都是事后诸葛，回头看自然一目了然，而身处其中时的迷茫、沮丧是难免的——不纠缠，跳出来，稍安勿躁，等一等，不知不觉间兴许拐点就到了。一盘死棋就此便活了！

蚀掉底的残损的埙。枯萎的花。忙中的闲，闹中的静。他们糅合在一块儿，便有意趣了。

这几朵暗红浅褐的干花，就是这残埙吹奏出的乐音。

如是我闻啊！如是我闻！

一枚月亮掉落人间

安　宁

我躺在凉席上看月亮。

天上只有一个月亮，庭院里却有好多个。一枚飘进水井里，人看着井里的月亮，月亮也看着井上的人。一枚落在水缸里，一只蚂蚁迷了路，无意中跌落进去，便划出无数个细碎的小月亮。父亲的酒盅里也有，他"吱"地一声，吸进嘴里半盅酒，可那枚月亮，还在笑笑地看着他。牛的饮水槽里，也落进去一小块。牛已经睡了，月亮也好像困了，在那一汪清亮的水里，好久都没有动。母亲刷锅的时候，月亮也跟着跳了进去，只是它们像鸡蛋黄，被母亲给搅碎了。刷锅水都没有了，无数个月亮还挂在锅沿上，亮晶晶的，闪着光。

睡前洗脸的时候，月亮便跑到了搪瓷盆里。水被我撩起来，又叮叮当当地溅落在盆底，晃碎了盆中漂浮的月亮。等水恢复了平静，我将手放进水里，月亮又绽开饱满的笑脸，落入我的掌心。我忽然想给月亮也洗洗脸，于是便将水不停地撩在它的身上。月亮怕痒似的，咯咯笑着，躲闪开去。

那时，人们都已经睡了。偶尔听到"吱嘎"一声，也是邻家在闭门落锁。有时，院墙外传来的轻微的脚步声，总会让人心惊肉跳起来。若再有一个影子，忽然间从墙头跃下，更会吓出一身冷汗。好在天上的月亮，正注视着人间。那些满腹心事的人，不管日间如何怀了鬼胎，到了晚上，抬头看到将整个大地照得雪白的月亮，总会老鼠一样，又悄无声息地缩回洞里。

等到人们纷纷关了房门，上床睡觉，月亮又飘荡到了窗前。原本陈旧黯淡的房间，忽然间蒙上了梦幻般的迷人色泽，在静寂的夜里，闪烁着微芒。我打个哈欠，闭上眼睛，鱼一样倏然滑入梦中。

梦中也有月亮。只是梦里不再是永远走不出的村庄。一个孩子的梦境，是笼在月光里的。月光下有起伏的大海、闪亮的贝壳、飞逝的鲸鱼；而幽深险峻的山林中，则有蒙面的强盗一闪而过。因为高悬的月亮，一个孩子的梦境，变得深邃辽远，可以抵达或许一生都无法触及的世界的尽头。

半夜，我出门撒尿，睡眼惺忪中，看见月亮依然当空挂着。这时的人间，冥寂无声，似乎所有的生命都已消失，或者化成千年的琥珀。星星已经散去，只有疏淡的几颗，飘荡在天边。夜空是另外一个广袤的人间，在那里，月亮与星星永远没有交集，它们隔着不远不近的距离，在浩淼的宇宙中孤独地游走。可是它们又相互陪伴，彼此映照，用微弱的光，一起照亮漆黑的大地，让走夜路的人，在安静闪烁的光里，怀着对人间的敬畏，悄无声息地赶路。

一整个夏天，我似乎都在看月亮。村里的大槐树下，天一黑下来，便三三两两地坐满了人。他们跟我一样，也喜欢仰头看天上的月亮。

村口正对着大片的玉米地，晚风吹来泥土湿润的气息，青蛙躲在池塘边不停地鸣叫，蛐蛐在人家墙根下，有一声没一声地歌唱，树叶在风中哗啦哗啦地响着，玉米地里也在簌簌作响，好像有谁在里面猫腰穿过。这些声音，让月光下的村庄，变得更为寂静。就连躺在席子上仰望星空的男人，也将日间的粗鲁去掉了大半，用温和的声音，回应着小孩子稀奇古怪的问题。那些在明晃晃的阳光里看上去粗糙的女人呢，此刻更是有了几分月亮的温婉和动人。

月亮离人间究竟有多远呢？几乎每天晚上，我都要想一遍这个问题。

大人有大人的世界，对小孩子稀奇古怪的想法，并不关心。他们聊的，不过是谁家的男人女人私奔了。我虽然并不懂私奔，但却知道私奔的男女，一起离开了他们的村庄。而且，是在有月亮的夜里离开的。我因此也希望有一个人，带着自己"私奔"，离开故乡，去很远很远的地方。至于远方在哪里，我并不清楚，就像大人们从未告诉过我，月亮距离人间有多远一样。但我却痴迷于那闪烁着梦幻光泽的远方，那一点梦幻，点燃了我心中浪漫的想象，和对流浪的向往。我因此迷恋月亮，我想它一定知道每个村庄里隐藏的秘密，但它却从不对人提及那些月光下发生的惊心动魄的故事，偷盗或者私奔，死亡或者新生。所有这些，都被月亮悄无声息地记下，并藏在某一个无人知晓的角落。

可是，我走过了整个的童年，能够带我私奔的人，却始终没有来。

"张家四姐妹"从有形或无形的张老圩里走出

伍佰下

吾祖居处是安徽。然出生长成于上海的我，却偏偏在降生47年后才踏足合肥。

我期待看到的张老圩，在很多安徽籍文人笔下，曾经是肥西一个峻宇雕墙、草茂水美之地，尤其因了"张家四姐妹"的盛名，以及其中的老大张元和在此度过童年的记载，更添了一层好奇。

现实却是一幅残景。

这里有阳光暖风，圩子外的田地里花草成片，但占地很大的私家圩堡里实在不剩什么建筑了，当然寻觅不到张家大小姐的书屋卧房，也没留下她曾祖父、淮军名将张树声的踪影。只有几家来历不久的平房里的孩童，还把它当作追鸟捕蝶的大园子。

张老圩。在旅程劳顿中吐出三个字，连着一声叹息。

历史的黄页往回翻卷。将近 150 年前，从合肥西乡的山林间走出一个个彪形大汉，张树声、张树屏、刘铭传、周盛波、周盛传、唐定奎等百余个大小团练首领，牵带出长龙般的队伍，建树起中国近代史上淮军的赫赫声名。当他们衣锦还乡，便纷纷圈买土地，在山林之间建私家庄园。

许是军旅生涯熏染，这些私宅大多被设计成攻守兼备的堡垒，安徽话"老圩"，便有四面环水的堡垒之意，其间备有军队（圩勇）、世奴（家仆）、佃户等。

周公山下张老圩，主人正是淮军召集人和实际组建者、备受李鸿章信任的淮军二号人物张树声。张老圩背山面水，周围山上有九路来水绕圩而过，流入龙潭河。圩子大门两旁形如巨伞的两棵法国梧桐，经历 100 多年风雨依然挺立，俨然成了老圩的守护神。

被张树声第四代孙张昭概括为"紫气东来，山环水抱"的张老圩，在他还原的草图中，分为"西头""中间门""东头""闸门"，其规模之宏大、景色之秀美超越其他圩子，位置更是处在肥西圩堡群的核心。我的思路跟着草图，修复出一个锦灿灿的大圩子——

它有宽阔的内外壕沟，沟上架有石拱桥；它对外开西门，通过大吊桥连通内外；它的大门原是座美轮美奂的牌楼，进门五进五厅，每进房十五间……

能够想象，张家"树"字辈兄弟八人，曾在大厅北面建造内宅的热气腾腾的场景。八兄弟的每一房都单成院落，北壕外则是花园和小姐们的绣楼，有石桥相通。张树声曾孙辈的张元和，便在那深宅秀园里长到六岁才离开，这里的蛙鸣蝉噪，冬雪秋水，夕阳残照中的水潭和田野，是她人生起点的风景画……

然而，岁月磨洗之后，这里仅由一面人围墙圈起荒地池塘和来路不一的十间左右破落房舍，老圩的楼台庭院，被刨剩下一排仅存的地基。大门上"聚星中学"的标识还在，可也已人去房空，弃置了健身器材的几百米田径场，成了野草高及人头的野地。

最触目的，是一座有一个半成人高度的蔡元培半身像，在快被它四围的芦苇长没时，依然被我认出。

在这里看到蔡元培先生像，一点也不违和。

我看到离塑像不远的一间辟为张老圩历史陈列室的平房里，有一个与蔡先生神采异曲同工的男子，长衫，坐在黑白照片正中央，眼镜片后是淡定的笑容，满面和风，漫溢书卷气……

他是张家四姐妹（也叫"合肥四姐妹"）的父亲

张武龄，以教书育人名闻合肥，但深受新思想触动，毅然离开安徽到上海、苏州兴办新式教育，与蔡元培、蒋梦麟等交好。1921 年，张武龄为身体力行蔡元培"教育救国"思想，在苏州创办乐益女子学校，也正是因为他的开明重教，十子女中的四个女儿（元和、允和、兆和及充和）被开启心智，不仅接受新的大学教育，对传统文化也浸染日深。

因耳濡目染听戏，张元和常带着三个妹妹在家自演自乐，张武龄便请来苏州昆班全福班的老演员尤彩云做她们第一个昆曲教师，让张氏姐妹很快爱上这门在当时已现没落相的古老艺术。后来，元和又结识昆曲表演艺术家顾传玠，结为夫妇。顾传玠上世纪 60 年代因病离世，张元和晚年便与女儿女婿生活在美国纽约，于半个多世纪里创办曲社传曲育人，在 80 多岁高龄时还客串出演电影《喜福会》……

是张武龄成就了张家四姐妹的笔墨才气与琴瑟唱念。在近代文化界，四姐妹被称为"最后的闺秀"。叶圣陶曾说过："九如巷张家的四个才女，谁娶了她们都会幸福一辈子。"而今四弦音俱绝，元和与父亲留在张老圩的踪影，见证者除了苍山绿水，还有这冥冥之中与他们精神牵系于一脉，含笑"在场"的蔡先生像。历史的余音，常常神奇交汇，连绵不绝。

如果当年庞大的建筑群落依然，或许会让后人寄托慰藉文化念想变得显性，来得容易。而当历史遗迹如蛇行草丛隐没难寻，我们难道只能留下一声叹息？

于迂回曲折的张老圩废墟（严格说来，"废墟"都算不上）遭遇的那星星点点，若有若无，那一个被长成"倾倒"状的芦苇合围深藏的塑像，却似乎让我止住了些嗟叹与扼腕，在岁月的纸片中拼凑和想象，艰难却不无欣然地，与这"聚星"（在此地改建又被废弃的中学之名）之地上的文化之师与戏曲传人一笑相逢。

有人告诉我，张老圩而外，张氏一族的另一位军职至提督衔总兵的张树屏，于兄长树声死后在离老圩北面五里处所建张新圩，盖因环境偏僻，老房子还保留下不少，散落在杂草中的门楣、小瓦、石磨、马槽、老井，竟呼应着张老圩与肥西圩堡百多年来隐匿在山林之间的精彩。

我看到陪同看堡的老家人们，欲将那段喧闹的历史从泥土之下剔掘而出的不甘心。那个叫"淮军故里圩堡群"的人文旅游之思，也在种种推力之下俨然成形。在可见的渴望和急切之间，我有点担心那样一种发自肺腑的激情，或许会很快把历史残片留给我们的想象，用新造与假设填满空间。可是转念一想，又释然了。在山水田园间的无形人文，总是力量更为强大一些，从"桃花源""赤壁"到接纳了七贤的"竹林"，纵然在今人智慧下未必不会有朝一日脱胎赋形，但它们恐怕还是更鲜活于人们的文化念想中，就如，张家四姐妹同唱的那一段段昆曲，总是余音绕心的。

吃茶那些事

龚启和

我于茶，总保持着一段距离。不是我怠慢了它，是胃对它感冒，肠遇它就雷鸣。但，就是这段距离，反倒帮我看清了茶客的众生相。虽然，也许这仅仅是自以为是。

我自以为是地把茶客大致分成四类。

第一类茶客往往是被二三类人视作"下里巴"的。这类茶客多为生活所困、尘劳所累，无闲暇时光，也就少闲情逸致。他们只视茶为解渴醒脑提神之物，犹如米饭之于饥肠，板床之于困躯。渴了，就大口地喝，冬喝热，夏喝凉，完全是根据身体的需要和四时的变迁而定。喝完了就去忙乎，从不在意茶的产地、品位、制作工艺、烹饪方法，也从不在乎茶壶茶具、饮茶程序、周遭环境之类的繁文缛节。至于借个地方小聚聊天甚或打牌怡情之类的，本意不在于吃茶，这里就略过了。

第二类，则往往自诩为"阳春白雪"。多为有钱有闲阶层，特别讲究排场仪轨。从茶的产地、质地、采摘方式与时辰、制作工艺，到取水烹茶、品茶规矩，再到茶具质地、品茶环境，无不考究。间有略通文理之好事者，扯起陆羽的《茶经》作大旗，倒也让无声之茶生生地生出了文化。这就是当今风靡的茶艺吧。

其实，茶艺古已有之，萌于唐，扬于宋，改革于明，极盛于清，可谓有相当的历史，自成一体。最初，是僧侣以品茶来摄神，是禅定的一种。最著名的公案，是唐代赵州从谂禅师的"吃茶去"，以此来接引学人。后来，逐渐演绎成了分享茶的仪式。

唐代煮茶，喜用姜盐，谓之姜盐茶。有诗人薛能"茶诗"为证："盐损添常戒，姜宜煮更黄。"宋初流行"点茶"法，即把茶叶碾成细粒，冲出的茶汤，沫要白如炼乳。《观林诗话》载：北宋苏轼青睐凤翔玉女洞的泉水，每每去，必取两罐携回烹茶。明代起，始流行泡茶。可见从唐朝起就已有茶艺的味道了。

然而那时的人不太注重形式。不管是唐代的《茶经》、宋代的《大观论茶》或明代的《茶疏》，文中所议仅是通论。人们将饮茶只视作生活的一部分，没有什么仪式规矩，高兴怎么喝就怎么喝。所谓的茶艺，讲究的也只是情趣，注重的是情感的交流。如"夜深共语""小桥画舫""小院焚香"等，被认为是品茗的良辰美景。而"寒夜客来茶当酒"的境界，不啻是君子之交淡如水的高雅了。

但如今，茶艺完全已退化成一种秀，当经济的洪流注入了茶汤，茶艺俨然已蜕变成经商谋财的工具了。而不少以喜好茶艺自诩的茶客，也只是附庸风雅而不自知罢了。

第三类人似乎要比第二类清高不少，也自以为"得了道"，于是自诩茶事为茶道。他们不很讲究排场，却很讲究气场，喜好物以类聚。肚里倒是存了不少墨水，也自以为了悟禅法。茶水一入肚，墨水就溢了出来，恣意横流。于是，口若悬河，滔滔不绝，机锋相向。言语间，不乏金玉良言与警世箴言。在他们眼里，茶，汲天地之精华，沐春秋之雨露，俨然具有灵性之物，却忘了自然万物皆是如此。你把茶和自然万物一区别，不就冒出你的分别心了？这还是禅道吗？这类人，只是取了相上的皮毛，而终不得禅之三昧。所以，在修为上，也只能是止于两唇之间，茶尽"禅"去而已。

第四类人，初看，与第一类无甚区别，随景而坐，随性而饮，冷热顺时，优劣随机。不挑茶，不挑人，不论细瓷粗碗，也不虑四时之景。只是眉宇间多了几分淡定，唇齿间少了几多言语。目中常有智光闪烁，举止总是举重若轻。若有识人者向其问道，慈眉皓齿间会吟出一首诗来："练得身形似鹤形，千株松下两函径。人来问道无余说，云在青天水在瓶。"若是大乘根机者，闻之，便会顿然开悟，尽得禅中三昧。若有讨教何为人生，这类人往往是笑而不语，只是随手拿起桌上之杯，轻轻地呷上一口，又轻轻地放下，犹如佛陀的拈花一笑。你若与佛有缘，那么，在这拿起放下间，已然悟得人生的真谛。这类人许已步入禅的境界，凡人赞之为禅茶，可他们却从来不这么自诩。

这第一类人和第四类人倒是走得较近的，只因为他们都是率性而为，不做作，不矫情，随缘自在。区别在于，一个受本性驱使尚不自知，一个通透豁达已然了悟。而第二第三类，反倒与第四类相去甚远。他们把简单的事搞复杂了，自然就南辕北辙、背觉合尘。因为，真理是朴素的。

笔行于此，忽地又想到了赵州茶公案："赵州曾问新到和尚：'曾到此间？'答：'曾到。'赵州说：'吃茶去。'又问另一和尚，答曰：'不曾到。'赵州说：'吃茶去。'院主听到后问:'为甚曾到也云吃茶去,不曾到也云吃茶去?'赵州呼院主,院主应诺。赵州说:'吃茶去。'"赵州对不同的三个人,说了相同的三个字,为何?你若悟得其中之意,便是悟得禅之三昧,也便明了何谓禅茶了。

玩　水

黄阿忠

我喜欢水。

小时候，夏天吊在洒水车后面，沐淋喷水的痛快。如果有台风暴雨后的积水，赤脚趟水便是我的愉快时光。及长，闷水、游泳是消夏的节目。闷水操作简单，成本也不高，就一只脸盆，放一盆水，然后面部除耳朵外入水，看谁在水里闷的时间长。头闷在水里，爽快得很；而游泳成本较高，一般来说那年月我们都是到苏州河、黄浦江里去玩水。苏州河没有风浪，但水有点脏；黄浦江水稍微好一点，但也并不干净，水流湍急，波浪起伏，如果遇上大轮船驶过，浪就更大了。然到中流击水，悠然自在，心里获取了极大的满足。

喜欢水的天性贯穿了我所有的生活，除了小时候趟水、游泳外，等到长大了就喜欢到有水的地方。比如天目山，山涧的泉水蜿蜒流下，似有"叮叮咚咚"的声音发出，仿佛是诗，水绕着涧中的石块流动，又好像是画；山顶也有同样的湖，两个山顶的湖就像一对眼睛。这里的人就把那两座山叫"天目"山，一座是东天目山，另一座为西天目山。湖，真的很小，如果把这两个积水塘也叫湖的话，恐怕只能算是"微型湖"了。不过水塘安置在山顶，面朝青天，却并不多见；湖畔杂草丛生，风过草低，倒亦可爱。几十年过去了，"天目"可能已经干涸，然这等模样，这个景象，却深深地印在了我的脑海。

再比如桐庐、富春江、新安江等，都是水系比较发达的地域。有一年夏天去了深渡，那是新安江上游的一个渡口，因为比较偏远，去的人很少，故而景色清新，用现在的话说，叫原生态。那里江水清澈，幽然神旷而现深邃；但见水面如镜，缓缓流淌而生细波。我抵不住水的诱惑，纵身跃入水中，划开了那份宁静，搏击着如镜的水面，直把微动的水波推向深邃幽然处，一点点消失。把自然的生态和心情、心境融合在一起，水成了跨越智慧的桥梁。

我们从小到大都离不开水，就像空气一样，这是生存的必须。

或许，我们在娘胎里就和水结下了不解之缘，母亲胎中的羊水，孕育了我们的生命；或许，我们在台风带来的积水中趟水，以及攀拉洒水车，任凭水滴在喷淋在身上而获得嬉水的趣味；或许，我们在大风大浪里游泳，在玩水中长大，得到了拼搏的启示。趟水、游泳、观水、嬉水，与其说玩水，还不如说是让你有了生活的磨砺，有了生活的阅历和精神的提升。我忽然觉得水能告诉我们很多，在玩水的过程中还有许多道理可以觅得。有句古语说的是，"处处留心皆学问"。生活中那些习以为常、司空见惯的小事，都蕴含了哲理，关键在于你是否留心、用心去感悟。

　　水中有智慧。山溪的涓涓细流，顺着山洼的石块间隙而下，淡定、自然，充满了禅意。这种顺其自然、坚定不移的流动，把那些石块的棱角磨平，甚至流穿石头，水蕴含了无穷的力量。换句话说，那些自然的流动，除了坚韧的启示外，也体现了一种智慧。

　　水是有趣味的，你看水从山上一波又一波流下洼地，流水亦不争先，满盈溢出而不喧哗。盈水不择地往低处流去，时而一个旋转，唱着歌，快乐地奔跑，吐出一串音符般的水泡。略加琢磨，便可悟得一种谦逊；细细品味，趣味也就在其中。你看这水滴滴石，努力、专注，锲而不舍。水滴石穿是一种精神力量，也揭示了放之四海的哲理。

年初去诸暨五泄看山中瀑水，瀑流奔泻生出激情，舒缓流淌化作情愫；洩水叠宕而生乐章，诗循格律而出韵味，词句长短而成节奏。水中有激情，热烈高涨不停息；水中有诗性，可以雅集品高致。有一次跟渔民出海捕鱼，有了跟海零距离的接触，没想遇到大风，浪把渔船抛到浪尖，一下子又滑到浪底，颠簸之厉害，让你感到水的凶猛。忽然想起"水能载舟，亦能覆舟"的名句，在惊涛骇浪中，这种体会是铭心的。这水还真"玩"出了哲理。

我在画画中也有"玩水"的乐趣。

墨写一枝花，全靠水当家，墨合着水在宣纸上晕化渗出韵味，会给你一种愉悦，墨冲水、水冲墨而产生的互动韵变效果，又有一种趣味让你捕捉。我以为中国画是"玩水"的艺术，运用水、掌控水是中国画的命脉。水是在宣纸上的革命的本钱，宣纸上的枯、湿、浓、淡，全部都是依靠水来解决的。我想起来一则故事：有老茶客泡茶，他知道你这一壶是用什么水泡的。上游的水急，此水泡的茶太燥；下游的水太缓，泡的茶又太温；唯中游之水泡的茶，不温不火，正好！中国画在用水上也有大小、轻重、缓急之分，纸上的大水、小水，急倒之水和缓缓晕化之水，在视觉效果上有很大的区别。这宣纸上的"玩水"，掌握水的性能，也必须要有茶客品茶的老到。

然而，我们对于"玩水"的认识岂止于水的太急、太缓这个表象效果？怎能仅停留在技法的层面？从另一个角度论述，水的淡定、流动，水的奔腾、写意，都带给了我们道理的启示。我们可以在水的精神上去深思，打通悟性，从而扩展到对整个中国画的认识，把"玩水"提升到一个高度。

我这辈子注定和水有缘。不说小时候玩水、趟水，也不说长大后观水、悟水，就我的住处说，也总离不开"水"。先是曹家渡和桃浦河畔的真如西村，后搬到大渡河路、万航渡路以及新港路等，看看，是不是都带着"水"？

书

影

话

半部林语堂

储劲松

　　看林语堂的照片，小眼睛炯炯，里面有谦逊、温情、狡黠以及不经意便难以觉察的桀骜。壮岁后戴一副在民国文人中颇为流行的黑边圆框眼镜，眼神里多了一层迷离的雾气。不丑，也帅气不到哪里去，然而我以为他青年时演张恨水《金粉世家》里的金燕西无须化妆。不笑，天生的落拓不羁。即使他那一头梳理得油光水滑、苍蝇站上去恐怕要跌断腿的黑发，最后被岁月的北风拔得只剩下几棵衰草，他的才子风流仍然是显而易见的。

　　民国时文人里出了很多"怪人"，比如辜鸿铭、金岳霖、徐志摩、吴稚晖、刘文典、周作人，名字可以排一个连。乱世多高士也多怪杰，特别是春秋战国、魏晋六朝、晚明、晚清和民国。林语堂骨子里有遗世独立之高标，行止却不算怪的，起码看起来面团团的，暖笑可掬，尤其是晚年，有得道老僧相。他和梁实秋、丰子恺二人的为人和文章，基本算一个路数的，玩的是雅人高致，游走在民国热闹文场的边缘，像中国山水画里的人物，吟啸清发，风流自赏，因而很得少年时的我喜欢，现在也不讨厌。

我读书晚，原因无非家贫，课本之外罕有书看，在我们这代人里，读林语堂却算比较早的。1991年，16岁，地点是江边小城安庆。其时我在那里修习工业与民用建筑，啃高等数学和结构力学，学业全班第一，志向是做梁思成和贝聿铭。但学校图书馆里的文学典籍浸染了我，一个大别山中从小放牛割草的农家少年，从此无可救药地沦为文学的俘虏，与当年无数的文学青年一样，开始写诗，吟风弄月，把自己当作王，至少是王孙，在多愁善感中打发最好的年华。许多年后，我在一篇文章中这样写道："宋词有毒。"

有一天下午，我去逛新华书店，用眼光和手摩挲，翻翻而已，没想过要买，那时百物价廉，书却不便宜。恰好书店刚进了一批民国文人的书，估计都是改革开放后的初版，其中就有《林语堂文选》，分上下册，每册书价七块多。此前我并不知道世上有林语堂，鬼使神差，从书架上抽下来就舍不得放下，或许只因林氏坐在椅子上眯眯笑着抽烟的一张照片，或许只因他说的一句话，"绅士的演讲，应当像女人的裙子，越短越好"。在书店二楼的拐角，我与自己搏斗了足足一刻钟，最后决定买上册。我口袋里只有十块钱，是大半个月的伙食费。

我早已忘记了《林语堂文选》封面的样子，因为买回后就用图纸严严实实地包裹了起来，也不知道那本书如今放在哪里。两个书房，聚书数千册，翻找是很麻烦的。其实不用找，林氏文章如旧恋，即使再也不见，其风神、气味、格调都烙在脑门上，想忘记也是不可能的。那本书的天头地角、行间字隙，我用圆珠笔密密麻麻地写满了读书札记，十多年前搬家时偶然翻开，蓝色字迹已漶漫如烟墨，林语堂温热而柔软的幽默以及俏皮的笑，仍然新鲜和经典。

中国文章儒雅、楷正、内敛，圣贤子孙作圣贤文章，如执戒尺穿长衫端坐讲台的私塾先生，不苟言笑，极少有幽默色彩，甚至普遍缺乏生机和趣味，闲适派和性灵派如袁宏道、袁枚、李渔已经算是难得了。这种状态直到民国也未有多大的改变，倒是多了些手握刀锋的战士，以及情圣和肉麻兮兮的诗文。民国文阵雄师高手如云，多有深厚古文功力，又曾出洋留学，眼通古今而学贯中西，想博得一席岂是易事。林语堂祭起幽默的大旗，谈笑间，就用烟斗和小品文轻易杀开了一条新路。

林语堂在《生活的艺术》里这样说："一般人不能领略这个尘世生活的乐趣，那是因为他们不深爱人生，把生活弄得平凡、刻板，而无聊。"不深爱人生，这话说得自然有些过，但其他的话却是确凿的事实。发现、挖掘并书写、倡导生活的乐趣，其实是林语堂、梁实秋、丰子恺三人共同的文学的也是人生的理想，但林氏不单身体力行，而且形成理论，庄中带谐更是他的拿手好戏。林氏自谓"热心人冷眼看人生"，又说"两脚踏东西文化，一心评宇宙文章"。他是个有胸怀的人，有卓识的人，也是一个看惯秋月春风的人，他的幽默因之宽容而不尖刻，他的文章因之从容而有识见。

林氏手握烟斗坐在椅子上，与世人娓娓地谈人生的况味、生活的智慧，谈思想的艺术、家庭的乐趣，不时来一句幽默。"世界大同的理想生活，就是住在英国的乡村，屋子里装着美国的水电煤气管子，请个中国厨子，娶个日本太太，再找个法国情人。"——是的，是意味深长的幽默，而不是一笑了之的笑话。谈的人很随意，谈到入味处，小眼睛放精光，听的人也尽可洗耳恭听，当小学生，也尽可跷手架脚，作沉沉入睡状。如老朋友、老夫妻、老同学闲呱蛋，无论如何都是好的。

许多人对我的人生产生过影响，文学的以及非文学的，林语堂是其中之一。这些年我收藏了一些他的以及关于他的著作，中文版以及英文版的，少年时也曾学着他的腔调做文章，不像，索性不学。他的著作也不时常读，太熟悉。人与书的际遇，是说不清的缘分，就如同半部林语堂，开启过一个腼腆少年的心智和视野，抚慰过一个孤傲文学青年初入世时倍感挫折的心灵，那种缘持久不断。

林语堂这个人，还创办过《论语》《天风》《人间世》《宇宙风》等刊物，发明过明快中文打字机，编纂过《汉英大词典》。这个人后来老了，还在公众面前抱着他发福的老妻亲吻，脸也不红。

杜甫触摸的，是盛唐的背影

陈鹏举

《读杜甫〈江南逢李龟年〉句》："沉郁圣人诗，苍凉杜拾遗。忝登高府第，独咏落花时。国破家何处，城春病不支。盛唐望不见，开尽万千枝。"

《江南逢李龟年》，是杜甫最好的诗篇，全诗是："岐王宅里寻常见，崔九堂前几度闻。正是江南好风景，落花时节又逢君。"

唐诗以李杜并称，是件非凡的事。唐代的底蕴，或者说向度，太梦幻了。如果说唐代是个梦想，李白则是在这个伟大的梦里，更深地坠落在自己梦里的那个人。杜甫呢？恰恰相反，他是在伟大的梦里，从不入梦的那个人。李白天生自闭，表明他确实是个谪仙人。杜甫是真切地在世之人，世间所有的人事，都是他心之所系，也因此明察秋毫。李杜，这两个毫不相干的人，竟然并称了。

天可怜见，适时出生了杜甫。如果杜甫早生十岁，唐诗可能就没有杜甫了。盛唐属于李白，不属于杜甫。成就杜甫的代价太大，这代价是折一个盛唐。

沉郁苍凉，不属于盛唐。盛唐真是一个梦想，一个竟然实现了的梦想。梦想不需要沉郁苍凉。然而沉郁苍凉是杜甫的命相。所以杜甫在盛唐是无所适从的。这可以在他和他人同题诗作里感觉到。即使他说他是如何飞扬跋扈，他的所说，和他人相比，也只是小巫而已。所以他在数十年后，江湖流落之际，遇到李龟年，写诗说起往事时，也只是说着逢场作戏的事。他说当年岐王和崔九家里，你我经常见到。出入达官贵族的家里，唱歌和写诗的人，所能触摸到的，恐怕也就是盛唐的背影了。

然而盛唐折了，杜甫成为了杜甫。杜甫写给李龟年的这首诗，写出了一个足以被后世尊为诗圣的杜甫。或者说，仅是这首诗，杜甫就无愧诗圣。这首诗里，他说了他在盛唐多少有些虚荣的事后，只是说了春天还是那个春天，你我还是你我，这样再平常不过的话。要知道，折了一个盛唐，就换来杜甫这二十八个字。什么叫沉郁苍凉，这就是。什么叫国仇家恨，这就是。什么叫现实中永远醒着的诗人，这就是。什么叫诗圣，这就是。

说是说折了盛唐，成就了杜甫，所谓家国不幸诗人幸，其实诗人哪里能幸？安史之乱，杜甫从此流亡，以至他最后的岁月，是在漂泊不定的船上度过的。最后死在船上。上述他写给李龟年的诗，是他生命的绝唱。要说诗人有什么幸，是他有机会写出属于他又属于家国的诗。

唐诗以李杜并称，坦率地说，真正代表唐诗的应该是李白。唐诗是以盛唐诗为美的。李白的诗便是最好的盛唐诗。杜甫呢？杜甫的诗好在他写的是史诗，他无与伦比地写出了唐由盛转衰的那段历史。所以，他完全有器量和李白并称。同时在杜甫之后，中国历史的不幸，无从制止，盛唐那样的时期不再重来，杜甫在他去世后五十年，被尊为诗圣，是情理中事。杜甫的诗篇，不但不朽，而且功不唐捐，至少他开辟了宋诗的大门和道路。宋代的大诗人，多承受了杜诗的恩惠。

还要说到的是，年轻时我在李白的梦里飞了很久，之后，经历了好些，就跟随起杜甫了。文字、诗篇，到底还是要攸关家国庶民的。家国的美好，庶民的安好，杜甫渴望到死，也因此不死。

假如生活欺骗了普希金

林文俏

圣彼得堡，一个众多作家、诗人、画家尽情挥洒笔墨的城市。但如果问谁是她的文化灵魂，只有普希金够格。

赞颂或讽刺？且看普希金诗里稀有的大教堂

行走在圣彼得堡，无论走到哪里，你都可以看见美丽的涅瓦河。旅游大巴在涅瓦河朦胧的晨雾里出门，在涅瓦河阴郁的黄昏里归来。一路上，有人在谈论彼得大帝用骑兵大炮从瑞典人手中夺来这片土地，建起了圣彼得堡；有人在谈论叶卡捷琳娜二世大帝赋予圣彼得堡皇家风范，吸引了全世界的目光；有人在谈论"阿芙乐尔号"巡洋舰一声炮响，列宁给圣彼得堡披上了布尔什维克的红色盛装。只有我独自凝望着窗外美丽的涅瓦河。一首诗像河水一样在我心里流过："我站在涅瓦河上，遥望着，巨人一般的圣以撒大教堂；在寒雾的薄薄的幽暗中，它高耸的圆顶闪着金光。"（普希金《我站在涅瓦河上》，1934）

或许是猜透了我的心思，或许导游也是普希金诗歌的爱好者，圣彼得堡游第一个景点，竟是普希金诗里的圣以撒大教堂，世界四大圆顶教堂之一，可以在顶层看到整个圣彼得堡。

它以彼得大帝的主保圣人（守护圣人）圣以撒名字命名，他的庆祝日和彼得大帝的生日在同一天。教堂于1818年开工，1858年完工。历时40年，用工44万人。而修建圣彼得堡不过只用了10年。普希金在1834年看到的圣以撒大教堂应该还在修建，但用了100公斤黄金的教堂金色穹顶，应该已经建好。

普希金诗里很少有教堂，为何会盛赞一座正在修建的教堂？

自然是因为穹顶的金色实在太震撼人了。它建好后从来没有再度镀金，今天依然光彩夺目，160年来一直主宰着圣彼得堡的天际线。许多人把《我站在涅瓦河上》当作自然抒情诗，其实它是政治抒情诗。普希金生活的年代，沙皇俄国不断实行侵略扩张政策，亚历山大一世后期沉迷于与宫廷仕女游玩，尼古拉一世"用绞刑架开始了统治"（赫尔岑语），对民主自由思想进行禁锢，血腥镇压了十二月党人起义，使一度赞颂彼得大帝与圣彼得堡的普希金越来越失望，感到在俄罗斯心身已"被锁在花岗石地带，不能自由"。诗人变得忧郁起来。1834年，他站在涅瓦河边，看到的是死一般静的凄清夜色。

前一年（1833）在《青铜骑士》里还那么热爱赞颂圣彼得堡的诗人，此时却祈盼有一个精灵将他带往温暖的意大利北部热那亚海湾："夜是凄清的，死一般静，冻结的河面泛着白色。我默默地、沉郁地想到，在远方，在热那亚的海湾，这时太阳该是怎样燃烧，那景色是多么迷人、绚烂……啊，但愿有飘忽的精灵，在幽暗的夜里轻轻翱翔，那就把我快快地载去吧，去到那儿，那温暖的南方！"（普希金《我站在涅瓦河上》，1934）

在十二月党人广场的巨石上，"青铜骑士"彼得大帝骑着骏马，深情地凝望着涅瓦河。马的前脚昂起，怒张的鼻孔在对着涅瓦河粗重地喷气。似乎只要主人稍一放松缰绳，它就会跃过河去。

为了雕塑好彼得大帝的英雄形象，叶卡捷琳娜二世请来法国著名雕塑家法尔科内。法尔科内试图用启蒙思想精神，塑造彼得大帝"创业者、立法者、国家幸福缔造者"的形象。他拒绝了叶卡捷琳娜二世的建议：彼得大帝应该像罗马大帝一样手持权杖高踞在骏马上。叶卡捷琳娜二世专门造了一个土山高坡，选择一名酷似彼得大帝的将军做模特，要他骑着著名的皇家马场的奥尔洛夫骏马，一次又一次冲上高坡，记下最具神韵的画面。法尔科内在广场整整工作 12 年。1782 年 8 月 7 日，元老院广场（十二月党人广场前名）举行盛大仪式，庆祝彼得大帝登基 100 周年，同时也为"青铜骑士"揭幕。叶卡捷琳娜二世竟然不邀请法尔科内参加。她认为雕像是她个人的功绩，她还把法尔科内拟定的题词进行删改，刻意把自己的二世之名直接列在彼得一世之后，以强调自己才是彼得一世的接班人。

　　普希金从小就崇拜彼得大帝。他清楚地记得这位雄才大略者的名言：我们要打开瞭望欧洲的窗户。1833 年，当诗人注视彼得大帝的青铜雕像时，一种敬畏之感油然而生。历史的变迁像戏剧一样一幕幕地闪过他的脑海，而涅瓦河的浪涛声又把他拉回现实之中。于是，一个异常忧郁的故事在普希金笔下出现。这就是诗人逝世前 4 年的力作——叙事长诗《青铜骑士》。

普希金极其真实地描绘了 1824 年圣彼得堡严重的水灾。只写了两个人，一个是彼得大帝，另一个是小公务员欧根。诗里，他通过歌颂圣彼得堡来间接歌颂彼得大帝。当年彼得大帝建城时，邀请了意大利、法国、荷兰等国的著名建筑师参与，于是圣彼得堡便有了威尼斯的水、阿姆斯特丹的运河、罗马卡匹托尔的景观以及巴黎的宽松华贵。但作家们不喜欢这座城市。或许因它是从大自然强夺来的；或许因它反自然，太人工化；或许因它建在人的骨殖上，30 万人建城，不知死去多少人。唯有普希金为它热烈讴歌。普希金由衷地喊出："我爱你，彼得兴建的城市；我爱你严肃整齐的面容；我爱你铁栏杆的花纹；我爱你的冷酷的冬天；我爱你的战神的操场；我爱你，俄罗斯的军事重镇。"

别林斯基认为："这首诗是对彼得大帝的最大胆、最庄严的礼赞。"但是，别林斯基只是看到《青铜骑士》的一个题旨。它的主要内容还有描写小公务员欧根在水灾里的悲惨遭遇，映射出人民对专制的恐惧与愤怒。诗中写道："人民眼见上苍的愤怒，等待死亡。我们的故皇还正光芒万丈统治着俄罗斯。"主人公欧根站在高傲的铜像面前，感到战栗，但又愤怒。他咬紧牙齿，握着拳头，像突然有什么魔鬼附体，全身战栗地低声诅咒："好啊，建设家，你创造的奇迹！"

普希金在历数彼得大帝的珍贵遗产的同时，丝毫也不掩饰他手中高悬的冷漠的皮鞭染着民众的血。他写了大量反对暴政歌颂自由的抒情诗。这些诗篇就像闪电划过黑暗如漆的夜空，点燃了郁积在人民心中的反抗怒火。十二月党人起义后，时年26岁的普希金被沙皇召见。沙皇问他："那个时候如果你在彼得堡，你会怎么做？"他毫不犹豫地答道："我肯定会参加起义。"起义失败后，在被捕的十二月党人身上几乎都搜出了普希金反对沙皇专制的《自由颂》。

雅典娜还是"敏诺娃"？皇村在他诗里才是故乡

皇村，17世纪时叫"萨利兹果夫"，意为"山地农庄"。1717年彼得大帝将它送给当时还是皇妃的叶卡捷琳娜一世，萨利兹果夫于是成为皇家的夏季庄园。1810年8月，亚历山大一世在宫殿北翼建起了一座古典主义风格的四层建筑，即著名的皇村贵族学校。普希金是皇村贵族学校的第一期学生，1811—1817年在该校读书。诗人对自由的追求、对爱情的讴歌、对暴政的鞭挞、对祖国的赞颂，无不源于这块土地。

普希金创作了《皇村回忆》《致同学们》《10 月 19 日》等十几首直接涉及皇村的诗歌。在《10 月 19 日》里，诗人深情地说："整个世界都是异乡，对我们来说，母国——只有皇村。"在《皇村回忆》里，诗人称这里是"俄国的雅典娜神庙"。

冬初的皇村，一层层树叶散落在地上。冷风扑面而来，但诗意沁人心脾。树林的园囿，立着诗人黝黑的雕像。他披件风衣，一手托腮，沉思地坐在长椅上，目光既深邃又迷惘。我伫立在雕像前，萨克管独奏从不远处传来，似乎是诗人在向我轻轻朗诵："瀑布像一串玻璃的珠帘，从嶙峋的山岩间流下，在平静的湖中，仙女懒懒地泼溅着，那微微起伏的浪花；在远处，一排宏伟的殿堂静静地，倚着一列圆拱，直伸到白云上。岂不是在这里，世间的神祇自在逍遥？这岂非俄国的敏诺娃的庙堂？这可不是北国的安乐乡，那景色美丽的皇村花园？"（普希金《皇村回忆》，1814）"敏诺娃"，即罗马神话中的"弥涅尔瓦"（Minerva），在希腊神话中则称"雅典娜"（Athena）。奥林匹斯十二主神之一。美国加利福尼亚州州徽中的女神即是她。译者为何用音译"敏诺娃"，而不是意译"雅典娜"？我想，是因为译者翻译《皇村回忆》的 20 世纪 50 年代，是一个忌言神灵的阶级斗争年代。

那一刻，我突然想到翻译它的人。作为翻译家，他的名字叫"查良铮"，作为诗人，他的名字叫"穆旦"。他被业界称作"中国大诗人中最好的翻译家，中国大翻译家中最好的诗人"。普希金一生创作了八百多首抒情诗，查良铮翻译了其中的半数。面对查良铮的普希金诗歌译文，我常常一坐就是很久。我10岁就读过查良铮翻译的普希金的诗，在中国人生活还没有"旅游"两字的年代，他已让年幼的我在普希金的诗里游览了圣彼得堡，欣赏了涅瓦河。查良铮先生翻译普希金抒情诗，堪称译者与诗人的心灵"和谐共鸣"，也是一场势均力敌的"决斗"。因为译者本身就是著名诗人。王小波在《我的师承》中说，查良铮译的《青铜骑士》是"雍容华贵的英雄体诗，是最好的文字"。诗人公刘对查良铮有这样的评价："不同语言的山阻水隔，竟没有困扰诗人的跋涉。"要了解查良铮先生译作的过人之处，一是对照俄语原作读他的译诗，二是挑选普希金的作品，对比阅读不同的译本。王志耕教授就查良铮译普希金《我耗尽了自己的愿望》这首诗，对比了五个译本，就一个俄文单词"запоздалый"，具体分析几个译本的得失成败。他说，此词原义是"迟到的、最后的"，查良铮却翻译成"弥留的"，让他内心感受到震撼。查良铮的普希金诗歌译本激励读者去学俄语，用原文阅读普希金的著作。笔者就是其一。读中学时，我背诵普希金的诗，背的不是中文译文，而是俄文原文。

生活欺骗还是政治欺骗？关于黑河决斗的历史之谜

参观完皇村的下午，人们都忙着购物。我独自艰难地寻觅到文学咖啡馆。

一栋不显眼的两层楼房子，隐藏在繁华的涅瓦大街。普希金常来选一个临街的座位，看着流动的街道，诗歌的灵感在心里荡漾。如今，他依然手执鹅毛笔端坐于此。在 1837 年 2 月 8 日下午，天空布满了阴霾。普希金在这里喝完了人生的最后一杯咖啡，在凛冽的大风雪中直奔决斗地。死一般的静穆下，一声清脆的枪声响起，普希金腹部中弹。两天后，"俄罗斯诗歌的太阳"陨落，年仅 38 岁。

我离开咖啡馆，追踪诗人的足迹，来到诗人生命旅行的终点站——黑河。一块林间空地上，与 180 年前一样，已铺上白白的雪。间隔大约 10 步，立着两块石碑，一样大小的灰红色的花岗石板，如同当年两个人决斗一样对立。普希金的石碑刻着："在黑河这个地方，1837 年 1 月 27 日（公历 2 月 8 日），伟大的俄罗斯诗人普希金在决斗中受伤致死。"碑下放着一束束鲜花，它们与当年雪地里诗人的血一样地红。那一刻，我想起那首《假如生活欺骗了你》："假如生活欺骗了你，不要忧郁，也不要愤慨！不顺心时暂且克制自己，相信吧，快乐之日就会到来。我们的心儿憧憬着未来，现今总是令人悲哀：一切都是暂时的，转瞬即逝，而那逝去的将变为可爱。"

大家会觉得查良铮译本与戈宝权译本有些不同。戈宝权译本的"心急""忧郁""怀恋"变成查良铮译本的"愤慨""悲哀""可爱"。感情更强烈了！可是，诗人鼓舞了亿万被生活欺骗的人在失意里乐观地憧憬着未来，却鼓舞不了诗人自己。诗人的失意没有"转瞬即逝"，"快乐之日"永远不会到来了，生命已经终结，哪里还会有"可爱"！

史料证明，黑河决斗不是因为"生活欺骗"，而是一场卑劣的"政治欺骗"。丹特士疯狂追求诗人美丽的妻子娜塔丽娅·尼古拉耶夫娜·冈察洛娃，不只是个人情感，它隐藏沙皇的借情杀人的政治阴谋。目的是激怒把爱情与名誉看得比生命还重的诗人，然后用决斗杀掉一个反专制的诗人。

离开黑河，我又赶到莫伊卡河岸 12 号普希金公寓博物馆。普希金在圣彼得堡的住处共有六处，这里是他最后的住处，只住了四个多月。

普希金公寓纪念馆是临街的一栋淡黄色小楼。进出很特别，只能从侧面一低矮小门走。有人说，这是让瞻仰的人们低头向"诗歌的太阳"致敬。进入一楼客厅后，管理人员让我们套上鞋套稍候。不一会，一扇门开启，我们悄声进入。普希金的生活用品、学习用品，与家人、老师同学的合影，死前躺的沙发，决斗那天没有完成的手稿，决斗用的手枪，好友向外界通报伤情在门外写的通告，一一都在这里展示。诗人躺在书房的沙发离世前的最后一刻，身边好友问他还有没有想要见的人，普希金看着他的书柜说："我的好朋友，我要走了，再见了。"故居展出的普希金的大女儿玛丽娅照片，美丽酷似母亲。据说，列夫·托尔斯泰1860年在自己举办的家宴上见到28岁的玛丽娅，她那使众人为之侧目的美貌和超凡脱俗的风度给作家留下极为深刻的印象。十多年后托尔斯泰用她作原型塑造了安娜·卡列尼娜这个光彩照人的艺术形象。

站在那张普希金离世的沙发前，我想起了诗人的《纪念碑》。1815年，普希金曾写下《我的墓志铭》。但16岁的青春年华，哪能严肃地思考死亡？它只是对人生的调侃而已。真正称得上是诗人墓志铭的还是《纪念碑》。1836年8月21日，离决斗死亡只有五个月零八天，在恶劣的政治环境下，普希金心头萦绕着不祥的预感，写下了抒情名篇《纪念碑》："我为自己树起了一座非金石的纪念碑，它和人民相通的路径将不会荒芜，啊，它高高举起了自己的不屈的头，高过那纪念亚历山大的石柱。不，我不会完全死去——我的心灵将越出我的骨灰，在庄严的琴上逃过腐烂；我的名字将会远扬，只要在这月光下的世界，哪怕仅仅有一个诗人在流传。我的名字将传遍伟大的俄罗斯，她的各族的语言都将把我呼唤。"诗人的预言果真得到了实现。他不幸逝世的消息震撼了整个俄国，无数平民来向他们敬爱的诗人的遗体告别。

在普希金去世后不久，22 岁的诗人莱蒙托夫写了《诗人之死》，指沙皇政府为罪魁祸首，一时传为名作："你们，蜂拥在皇座两侧的人，扼杀自由、天才、荣耀的刽子手，你们藏身在法律的荫庇下，不准许法庭和真理开口……但堕落的宠儿啊，还有一个神的法庭!"耐人寻味的是，4 年后，26 岁的莱蒙托夫最终也死于决斗，而其经历和命运，竟与普希金极为相似!

走近瓦尔登湖

张广智

  小车在高速公路上奔驰，此行何方？波士顿。回想来美国前，儿子在电话中问我最想去美国的什么地方，我不假思索地回答他："哈佛大学与瓦尔登湖。""为什么？"儿又问，我又道："先师耿淡如先生曾于上个世纪 20 年代末来哈佛留学，访哈佛，是为了追寻先贤的足迹再出发；至于走近瓦尔登湖，是为了到梭罗写那本世界级文学名著《瓦尔登湖》的实地来看一下。"

  从吾儿工作与居住的大西洋边的小城威尔明顿市（属特拉华州）到波士顿，倘路况顺畅，也得要六七个小时的车程。当下，前方大道畅通无阻，向窗外望去，远处晴空万里，蓝天白云，近处，两旁高大的松树和橡树筑起浓密成荫的树林，一一闪过。路长沉闷，我便浏览到美国后买的《瓦尔登湖》英文版，这是一本今年 8 月在美印刷发行的新版，封底有一段言简意赅的文字：

> 在 1845 年，亨利·戴维·梭罗搬到瓦尔登湖畔的一间小屋栖居，旨在远离世俗，与大自然合为一体，在那里，他度过了仅两年多的隐逸静思的日子。无疑，"瓦尔登"一词比以往任何时候都更为世人所知了，它不啻成了一首赞扬纯朴简约与自给自足德行的颂歌。

这段提纲挈领的话，也无疑是读《瓦尔登湖》，窥探梭罗精神世界之津逮。

在哈佛，我整整待了一天，邂逅在燕京学社任职的复旦历史系毕业生和正在这里访学的同仁，自是高兴；在校园内漫步，当我行走在所剩不多的一条弹硌路上，发出了轻微的响声，似乎是踩着了先师的足迹，听到了老师的声音……

次日，从波士顿弗兰克路出发，经 Minuteman bikeway（民兵自行通道，美国独立战争时的起始之路）大道，约半个多小时车程，就到了波士顿附近的小镇康科德，距该镇西南不到两英里处，瓦尔登湖就在那里。

走近瓦尔登湖。如今，这里已列为国家自然保护区，辟建了一个瓦尔登公园，仅停车收费，游人就不另收门票了。入口处，我一眼就瞥见了一间小木屋，屋内有一张小床、小桌等杂物，虽则它只是当年梭罗自建原型的复制品，但内心还是充满了激动。想当年，哈佛毕业的高才生不去大城市谋求功名，却只带一把斧子，走进林子里，伐木筑屋，自给自足，此举不说"超凡"，也是"脱俗"的吧，常人也许连一天都待不下去的。小屋前有一尊梭罗的雕像，很不显眼，它还没有我的个子高，这真是有点出乎我的意料之外。我在像前驻足细看，见他的左手举在胸前，右手甩在身后，似在迈步行走，似在与人交谈，倒是那只左手经众多旅行者抚摸而闪着亮光。

我拉着梭罗的手说：久仰，久仰，今天终于见到了你。然而，我不能想象眼下这座雕像就是被誉为同《圣经》一起塑造美利坚民族性格的十本书之一的《瓦尔登湖》的作者，与我在华盛顿、费城等地见到的美国政治编年史上的气宇轩昂的伟人雕像，在视觉上竟如此地不相匹配。但我静下心来一想，倒觉得雕刻家的匠心又是如此地恰如其分。这真是，怡然自如，门当户对。

走近瓦尔登湖。放眼望去，它的确只是一个 Pond（池塘），面积只有 61 英亩半（1.36 平方公里），与波士顿附近众多的小湖并无两样。它湖水清澈平静，闪闪发光。关于湖，梭罗在书中这样写道：玻璃似的湖面，像一条最精细的薄纱，湖面的平静似乎连燕子都被迷惑了，可以停留在水面上；有时候，风从湖上传来，乘着吹起的涟漪，听着夜莺的乐音……

在阳光下，金色的湖边沙滩，熠熠闪光，在划定的区域内，游人还可在湖中嬉水、游泳，但不可超越标志。这湖到底有多深呢？有趣的是，最先测量瓦尔登湖深度的，不是别人，正是《瓦尔登湖》的作者本人。因为梭罗是一位测量师，书中有一段叙述他测量的过程，结论是："瓦尔登不是无底之湖，最深的地方恰恰是 102 英尺；还不妨加入后来上涨的湖水 5 英尺，共计 107 英尺。"这个深度，与现今用更先进的技术手段测量的结果，大体相近。从数学意义上而言，瓦尔登湖其实不深。虽则，它不是深不可测，但却深藏若虚；它虽面积不大，却小巧玲珑而又大气包容。有人形容说，它是康城冠冕上的一颗珍珠，我则把它比喻为浩瀚大西洋中的朵朵浪花，前赴后继，永无止境，将会在人们的心头掀起波澜，震撼心灵，留下无尽的遐思。

　　走近瓦尔登湖，让我们获得心灵的平静。记得两年前，我在清华园拜访了时年九十有六的何兆武先生，在聊天中，先生说到了当年在西南联大学习时的情况，特别是他当年与大才子、同窗王浩（后去哈佛留学，成了享誉世界的学者）的交往，他们曾多次在一起讨论"什么是幸福"这一话题，王浩取"happiness"（愉悦），何先生取"blessedness"。我问道："此词（blessedness）有何深意？"先生道："圣洁与高远也。"他又说："不要抠字眼了，用当下的大白话来说，我以为幸福就是平静，心灵的平静，不折腾。"他举例说："前几年学校曾分给我一套三室两厅的新居，我想这么大年岁了，还是不折腾了吧，你看，在这里踏踏实实地住着，这才叫幸福啊！"这次访谈，"心灵的平静是人生的幸福"这句话给我留下了难以磨灭的记忆，对照《瓦尔登湖》，梭罗所求亦然。

　　《瓦尔登湖》是梭罗独居两年多时间里对四季轮回与实地情况观察的实录，全书由18篇散文组成，书中包含有自然科学与人文社会科学的诸多知识，以及他的边叙边议，即作者的哲思，反映了作者挑战自我的精神世界，以及"自我"与"非我"（人与大自然）冲突与调整的心路历程。这自然是一本散文集，后来它成了后世非虚构文学写作的典范。可以这样认为，梭罗对大自然有一种与生俱来的亲近感，他远离世俗，疏远城市的喧闹，过着纯朴简约的生活，品味人生，追求人与自然的和谐，"以图直面生命的本质"。这与何氏上述之见的韵味当有异曲同工之妙。也在两年前，清华大学校长给新生赠书《瓦尔登湖》，我想这别出心裁的一招也有同样的旨趣和追求吧。然而，这也难，在高速奔驰的时代列车上，总是运载着喧嚣、炫耀、戾气，日复一日，年复一年，这似乎成了生活的常态，倒是沉静、纯朴、散淡却离我们渐行渐远，于是人心纷繁，人性泯灭，世态乱象丛生，这世界怎么了？

在湖边漫步，沉思，我情不自禁地想起了诗人海子，这位在上个世纪 80 年代梭罗的"中国铁杆崇拜者"。1989 年 3 月 26 日，中国文坛发生了一起轰动性的事件：年仅 25 岁的诗人海子在山海关卧轨自杀。当时，这位年轻诗人身边带着 4 本书，《瓦尔登湖》就是其中的一本。他用诗歌赞颂梭罗，在《梭罗这人有脑子》组诗中写道：

> 梭罗这人有脑子/像鱼有水，鸟有翅/云彩有
> 天空梭罗这人就是/我的云彩，四方邻国/的云彩，
> 安静/在田豆之西/我的草帽上

他又曾说："梭罗对自己生命和存在本身表示极大的珍惜和关注，这就是我诗歌的理想。"诗文之间，流露出海子对梭罗的敬佩和歆羡。梭罗说过："人活着的话，我们就应当努力追寻自己的理想。"然而可叹的是，海子他只是在文学（诗歌）上实现了自己的理想，却没有再跨出一步，深刻领悟梭罗关于"生命的本质"之真谛。再跨出一步，读懂《瓦尔登湖》，谈何容易！

在此，必须作一点重要的补白：梭罗的人生观是高尚和向上的，他之"出世"是为了更好地"入世"。《瓦尔登湖》中文版首译者、文学家徐迟说得好："他（梭罗）记录了他的观察体会，他分析研究了他从自然界里得来的音讯、阅历和经验。决不能把他的独居湖畔看作是什么隐士生涯。他是有目的地探索人生，批判人生，振奋人生，阐述人生的更高规律。并不是消极的，他是积极的。并不是逃避人生，他是走向人生，并且就在这中间，他也曾用他自己的独特方式，投身于当时的政治斗争。"是的，用"探索人生，批判人生，振奋人生"这十二个字来概括梭罗的人生观，庶几可矣。因此，梭罗绝不是什么"隐士"，他一生支持废奴运动，反对当时美国对墨西哥的战争，他还写有不少政论时文，如果不是因肺病不治而于 45 岁时英年早逝，倘若上帝再给他一些时间，梭罗将会活出别样的人生！

走近瓦尔登湖。如今瓦尔登湖已不只是一个湖泊，也不再是梭罗曾在那里生活与写作过的一个实地，它已幻化为一种意象，即"心灵的图画"。在现代交通便捷、国际交往频繁的今天，寻找瓦尔登湖实地不难，顺便带一句，我在实地就遇到了同属杨浦区的阿拉上海人和复旦人；但在这急功近利与急躁浮华的现代社会里，寻找"心灵图画"中的瓦尔登湖真的不易，因为它牵动现代社会的脉搏，绵亘人类文明的精神家园。那么，请诸君放慢一下你们的脚步吧，去倾听抵抗俗世邪恶的呐喊，聆听与追随初心返璞归真的声音，才不致忘却"心灵的图画"，沦为现代文明的弃儿。如此，那就命中注定了梭罗是慢热的，而现今被视为"世界文学瑰宝"的《瓦尔登湖》也是耐读的，经得起时空的考验。据统计该书在世界各地今已有200多个版本流布，梭罗和他的《瓦尔登湖》将是不朽的。记得梭罗的导师爱默生说过："人一旦有追求，世界亦会让路。"这句话，当然首先是送给梭罗的，但也是送给努力寻找"心灵图画"中的瓦尔登湖的所有人的，不是吗？

一流作家常读三流作品

刘诚龙

    晚清名士王闿运，身体形态倒也周正，精神长相却大别常态，比如项高于顶，一双眼睛长天上去了。您说，芸芸众生，衮衮诸公，王闿运瞧得上谁呢？铁中铮铮如袁世凯，王公骂得他一佛出世；庸中佼佼如曾国藩，王公骂得他二佛升天。王公巨眼，如你如我，难得入其法眼。

    非仅官场大吏，所谓文坛大家，王公眼里，也不过四脚撑地的蛤蟆，蛙鸣句句。王公是这般谁都轻慢么？王公是瞧不起你，也瞧不起我，但王公瞧得起他。

    他是谁？

    他是一个铁匠师傅，叫张正阳，"本锻工也"，白天抡起铁锤，打铁，打铁；夜晚一双打铁手，拿起绣花针，作诗，作五言四句，作七言八句。春耕或双抢，拔腿全是两脚泥，出诗却是两面光。某春夜，夜色朦胧，月如钩，张铁匠在水稻田里趁月色牵牛犁田，月光下，忽见陌头杨柳色，桃之夭夭，忘了牛，忘了田，忘了牛耕田，得句云："天上清高月，知无好色心，夭桃今献媚，流盼何情深。"

此诗如何？大作家刘勰文成，要"取定于沈约"；老农民张叔诗成，欲取定于王公，张铁匠脚没洗，手没洗，直往王府奔。衣衫不整，不得入内。王府高朋满座，哪容鸡立鹤群？"阍者见其面垢衣蔽，拒不为通"，狗眼素来看人低。张铁匠是老农，也是诗人，诗人来激情了，则大呼曰："我以诗谒王先生，乃却我耶？"

诗是甚玩意？发了天隆起，不发天塌下？这责可担不起，"阍者不得已为通"。进得王府，果然谈笑有鸿儒，"方筵宴，邑令邑缙绅咸在"。张铁匠来了，"延之上座，座客愕然，正阳泥淖满身，而座客貂狐裘丽"，座客跑得远远的，恼他满身泥，污了貂皮衣，"嫌为所污，莫敢与酬对"。王闿运却与之酬对，倒茶，斟酒，吟诗，对哦，今所谓之"文界大V"与诗界老农，打通了心灵界限，融为一体，"闿运则殷勤问讯"，问他读了什么书，还作了什么诗。曰，读了《三礼》，读了《春秋》，读了《尚书》，读了《诗经》——别小看农民诗人好不，如今许多诗人是什么书都不读，只是一个劲写诗；铁匠张师傅什么书都读，然后再写诗，王闿运瞧不起你，瞧得起他，别以为无厘头，王公是有因由的。

王公对张师傅鼓励有加，"闿运叹为前人所未发也"；提携更有加，"讲评孜孜"。其他有身份的人，都被王公晾在一边，一门心思都放在与张铁匠谈诗论歌上，一字一句，给点评，给推敲，给点拨，给修改，诲人不倦。大作家与小诗人齐吟，大鼓励与小批评一体，"宏奖之中，不废规诫"。

取法于上，仅得中中，王闿运硕学鸿儒，他还要取法谁呢？取法于下，其下下不足论，王闿运那样的大国士、大名士，为何费心巴力，要读三流作品？王闿运对所谓一流作家不稀罕，对三流作品深深眷注，那是因为他要提携后进矣，"大吏造拜，或偃蹇不见；而引接后生，则温蔼逾恒"。对那些农民诗人、青年后生，王公是不遗余力，鼎力相助，"位高而齿尊者，菁华已竭，不如后生可畏也"。后生纵使文章写得差一些，诗歌作得弱一些，王公也是"循循善诱，即陋劣不中律，未尝不为改窜"。

有人对王公不解，"余尝见有诗呈于先生者，其词之丑陋，实等于七字唱，而湘绮必为之改窜"，为什么呢？"此太不像话，先生何必费力？"王闿运诚然高傲，却也有高情："人之好学之心，即有诱之之责，若因其丑陋而却之，人之兴致已绝，不但不求长进，即丑陋之词，亦不肯为矣。"

这或是一流士与二流子之大别吧。一流士，有一流心胸，他是要引天下之人，都来文化其野蛮，精神其文明，人文其素质，化育其格调。二流子不太同，他们只对一流大家毕恭毕敬，诚惶诚恐，让舂米便舂米，让撑船便撑船，叫跪下便跪下，叫折腰便折腰；而对稍微比他差些的，或本不比他差，他却认为比他差的呢，可是一副牛脸，一副骷髅相，一双无神眼，长到耳根边。

国士王闿运，"玩世不恭，是其本色"，他对脸不红而自诩国士者，或唯势利而他赞国士者，嬉笑怒骂，让人笑不得，哭不得。王公一生只有玩世么？若我言之，"济世甚恭，是其本质"，其对后学之关爱，非一般人与二流子所能比拟，"觉其平易近人，有问必答，故以教导奖励为己任者，宜其历主尊经、船山等书院讲席"。已经成长起来了的，无须他人提携；正在发展中的，须要扶他一程，此或王闿运之国士风。

小姜与老文

毛　尖

　　《邪不压正》结尾，彭于晏对着北平屋脊激情呼喊"巧红，巧—红—"（周韵扮演的角色），那一刻，作为被姜文定义为"太监"的影评人，心里倒晃过一丝小感动，这么多年了，姜文和周韵的感情还是那么好，自己给彭于晏当爹，老婆当彭于晏恋人，别说在娱乐圈了，在生态圈里都不多的。

　　可能也因为姜文和周韵感情好吧，这部电影洋溢着一种不愿正视自己的中年感。姜文、廖凡加上美国演员安地，都字正腔圆地搞笑，该露和不该露的屁股，一律露上，各种势力全部沾染一点，但好势力坏势力都显得动漫。美国人死得不惨，日本人死得滑稽，中国人也死得表情包。电影的焦点是周韵，整部电影的节奏就是呼啦一下，我们跟着彭于晏飞檐走壁去找周韵，呼啦回来，呼啦我们又跟着彭于晏脚踩屋顶去看周韵，所以，整体而言，这部电影算是相当合群的，姜文不再那么牛气，十五岁以下的观众当《奔跑吧哥哥》看，五十岁以上的观众当《摔跤吧儿子》看，颜色看许晴，纯情看周韵。前面半小时，还以为要看民国版《阳光灿烂的日子》，但是集中在彭于晏身上的各种线索，无论杀师父、杀师娘、杀未婚妻还是毁美国爸爸、毁蓝爸爸，都没有产生真正有效的银幕驱力，家仇国恨都留在台词层面，就像彭于晏的屋顶裸奔，只在技术层面令人操心。

如此，尽管姜文试图创造一个民国哈姆莱特，但影片的文化逻辑还是师父（亲父）、养父、教父之间的恩情剃度。而本来，单凭从亲父进阶到教父的"异父异母"新感情新阶级逻辑，影片还有希望创造"邪不压正"的终极高潮，至少整出一个让人热血沸腾的新版《少林寺》。可惜的是，三位父亲人设一个比一个缥缈，搞得彭于晏最后确实只能像一个妇科大夫一样成为妇女之友，他给许晴打不老针，帮周韵放大小脚，抗日只是一个壳，所以彭于晏脑袋左右晃晃能躲过子弹，倒也算不上抗日神剧，因为他根本没好好抗日。这么说吧，姜文过往岁月里的抱负在这部电影中，展现为一种中年世故，他攀附挪用的各种符号，包括北平大院、美国医院、日本庭院、朱元璋画像、民国军阀、七七事变，正史野史一锅煮，好像条条通向无限的历史隧道，但条条都是谜底跟谜面一样玲珑的政治假面。他过去的电影至少还有一个立场和站位，他现在更像屋顶上的电影诗人/商人，就像他讨好一个影评人来骂一溜影评人，他的态度似乎戏谑其实虚弱，他不敢在电影中硬气了。

他硬气的时候不需要观众夸，因为他霸王虞姬一身兼，现在他迫切需要年轻观众的首肯，但是他又不舍得把最好的自己全部交给彭于晏，所以他把力气活交给彭于晏，作为奖赏给他匹配俩女主，而显然俩女主和彭于晏都无法发生化学反应，但所有那些曲里拐弯、十里排场的政治话语和搞笑台词，他全部留给自己享用，因此，他确实还是从前那个姜文，银幕上妥妥的智商情商财商志商灵商代言，但是没有了能高高飞翔的身体，高飞低翔的话语就显得花哨做作。作为一种银幕现象，姜文的身体动作和他的语词从来是高度统一的，他就是那个能让太阳照常升起的男人，那个能让子弹飞一会的男人，他所有的银幕转喻都是太阳，那个一脚一个荷尔蒙坑的男人，但是蓝爸爸的命名和他最后被拔光牙的嘴一样，好像是幽默，其实是血坑。姜文深陷在自己的后资本身体里，他的彭于晏因为没有真正的精神生活显得缺乏紧张度，他自己因为没有真正的肉身生活显得缺乏生命感，如此，他既架空了张北海原著中的侠气和隐逸，他费劲搭出的北平就空留一个浪漫屋顶，同时他也架空了自己的身体和精神，他成为一个分裂的小姜和老文。

到最后，他确实只剩下周韵。所有的好演员都逃逸出了他的掌控，像廖凡，在电影中，脸蛋越来越白，但心理层面越来越空蒙，所以，电影结尾的这一句"巧红"，就导演的工作而言，确实是一种赞美。整出戏，只有周韵一直是尽心尽力实践了导演的要求，尽心尽力扮演了一个和原著没有一点关系的关大娘，一百多号演员，姜文也就说服了她。

因此，看完《邪不压正》，有一种空心感。一直以来，我都把姜文视为当代最重要的导演和演员，在他身上，一直有一种真正的野心，一种进入世界、顾盼自雄的傲气，但是这个野心在这部电影中因为过于芜杂的线索和链接而显得兵荒马乱，没有了原著的从容。姜文成了一个饶舌又含糊的中年人。本来，他完全可以从他的青春片起步有理有节地提升中国电影品质，但正不压邪的电影圈还是夺走了他的节奏和类型感，就像撒向关巧红天台的那些钱，跟史航的裙子一样，一个是意淫，另一个也是意淫。踩着屋顶走也好，飞也好，骑车也好，没有真正踏实的地面支持，就只是浮夸。

好吧，最后，我就借某天字第一号的浮夸标题模式喊一句：请用真正的老北京说服我。

如此"狂怪丑大"，是对当代书法的矮化

喻　军

　　最近，时常在微信朋友圈和各类书画群里见人转发一些似乎和书法创作有关的短视频和图片，如果是常规化的书法表演，倒也不新鲜，互联网上很容易搜索到诸如书法课徒之类的视频，其中不乏一些已故大名家挥毫的身影。书法技艺的传授，除了基础导入，老师的面授和示范是很重要的。绘画亦同理，看名家现场作画，加以细心观察和揣摩，对学画者而言，往往进步得更快。于是，这些影像资料的拍摄和制作，对于一般书法爱好者而言，其实是起到了间接教学和传导复制的作用。但我方才提到的这一类书法表现的形式比较特别，似乎更类似于"行为艺术"，十分夺人眼球。视频一经发出，常招致很多的吐槽，以批评和

斥责的声音居多；即便许多书法专业人士，看了以后，也纷纷表示完全不能接受这样一类的书法表演形式，甚至断然否认它们和书法有什么关系。他们认为，这种现象的出现，败坏了书法的风气，是一种书法的腐败，会误导很多书法爱好者特别是青少年，容易使他们产生审美误断，以至于失去对书法艺术应有的敬畏。

只是行为"出格"，无关书法"艺术"

那么，究竟是怎样的一种书法形态，触痛了大家敏锐的神经呢？

为写本文，我不得不反复观看这一类制作略显粗糙的视频，同时做了一些案头的资料搜集工作。以下所列种种，肯定不够全面，因为现实的发生往往会超出人的想象，但我以为过多的罗列实无必要，也并非本文的初衷。如能透过此类现象，作一些客观的解析和梳理，似乎更能厘清一些问题。坦率地说，在整理这些资料、观看相关影像时，我还是感觉到了某种"震惊"：

比如"射书"，即用灌满墨汁的针管在宣纸上射出道道墨迹（视频显示，宣纸由几位美女手提横展，书者迈着太极步，突然作一溜烟小步奔跑状，同时用几支针管射出墨汁）；"吼书"，顾名思义就是边吼叫边书写，书者十分亢奋，类似耍酒疯。只是，书写地点恐怕要找个僻静无人之地，否则一定"扰民"。"鼻书"，即在鼻孔里插两支毛笔俯纸而书，容易引人产生不太卫生的联想；"左右开弓或手脚并用多管齐下书"（无须解释了）；"双人倒抱美女垂发蘸墨书"，只见倒悬的美女满脸墨汁，花容失色，一头乌发成了扫地的拖把。还有什么"刀书""溺水书""盲书""塑料瓶盖穿孔书""洗车喷头书"，等等，简直无奇不有。更有甚者，还走出了国门，在威尼斯众目睽睽之下表演"女下体书"，且使用书法很忌讳的大红墨。

有人把这类表演称为书法的"行为艺术"，且从个别史料挖掘角度（或文学作品的某些情节。本人以为书法的主流传统无疑是一种高雅的书斋式品位），以古有张旭"号呼狂走，索笔挥洒"、怀素"忽然绝叫三五声，粉壁长廊千万间"，以及李白等饮中八仙大醉之后与众歌舞伎赋诗题壁、徐渭佯狂作书，甚至"杀人者，武松也"那行粉壁上血腥的大字作为理由，来佐证这类行为艺术古已有之，今人不必大惊小怪。同时，以强调"视觉体验""外向表达""个性张扬"的所谓书法的当代意涵，和传统书法审美的平和内敛、诗文境界作某种切割和区分。但绝大多数目睹这类视频的观众和专家，未必会认同这种说法。他们认为当今书坛"横行着一种完全背离书法艺术规律、极尽狂怪丑大的书法"，愤愤于文墨芬芳的书法艺术，何以在今天沦落到类似杂技表演般的肢体语言和江湖卖艺般的气场来吸引围观的境地。

其实，无论采取什么出格的手段和夸张的行为，最终还是需要宣纸上展现的书艺来印证这种行为的价值。如果"行为艺术"只是"行为"的出格而无关艺术，那还有什么意义呢？但视频中那些表演者的书艺显然很不给力，除了周遭一圈激情四溢的叫好声（也不乏自己叫好）之外，他们的"墨宝"实在有碍观瞻。那种明显缺乏书法基本功和艺术美感的胡乱宣泄、莫名亢奋，其结果就是纸破墨败、一地狼藉，直教人怀疑这样的"大作"是否还有保留的必要。

真正的书艺，不是脱离书写和
笔墨要素的肢体、情绪宣泄

以上所述种种，已经和我们所认知的传统书法美学没有什么关系了。

源远流长的书法艺术，一直伴随着中华文化的发展而发展。甲骨文、金文、小篆、隶书、章草、楷书、行书、今草、狂草，形成了各具特点又内在贯通的造型特色，以及各自相应的笔法款式要求，是历代无数艺术家的智慧创造和精神结晶。随之而总结的书法理论，诚如熊秉明先生所言，又可以大致概括为六大系统。比如"喻物派"（强调书法的自然美）、"纯造型派"（讲笔法、结构、均衡、墨色、笔势）、"缘情派"（侧重表现内心情感）、"伦理派"（强调以儒家思想为基础的书法美学）、"天然派"（强调以道家思想为基础的书法美学）、"禅意派"（代表佛家书法的禅意特质）。当然，具体到不同的书家是很难明确划归某家某派的，但我想这其中的任何一派，都无法脱离书法本身的书写规范和法度而独立存在。好的书法作品从来不是在脱离书写要素和笔墨要素的前提下，单靠强烈的情绪和肢体语言就能完成的。技艺虽然不等于书艺，但书艺一定离不开技艺。所谓晋人飘逸、唐人规矩、宋人尚意，都是各具神韵的经典艺术风格，给后人提供了丰富的取法资源。反观当今的"丑书"表演，除了唬人的嘶喊、夸张的表情和怪异的行为之外，看不出有什么艺术的含量和传统的继承了。况且，真正的艺术创作，不会是大庭广众之下的哗众取宠和廉价的喝彩；恰恰相反，它往往很寂寞，很冷清，类似于禅者的闭关和清修。因为，真正的艺术创作是书者和自己心灵的对话；是谦卑仰望的灵魂，在孤独地歌唱和舞蹈。

唐太宗李世民在《指意》一文中，表述了创作时的心理状态虽然重要，但也从具体用笔方法上强调了书写的要素："太缓者滞而无筋，太急者病而无骨。横毫侧管则钝慢而肉多；竖笔直锋则干枯而露骨。"可见笔法和节奏的把握对于书法的表现是多么重要。宋朝的苏轼和元朝的陈绎，曾把书写的要领及控制方法，归结为"血法""骨法""筋法"和"肉法"；清包世臣在《艺舟双辑》中则进一步指出筋骨血肉与技巧的关系："凡作书者无论何体，必须筋骨血肉具备。筋者锋之所为，骨者毫之所为，血者水之所为，肉者墨之所为。"若以这样的标准来衡量当下所谓的书法行为艺术或"丑书"，实在有点惨不忍睹。书写者鬼画符似的随意涂抹过程中，还有几分顾及汉字的尊严和书写的规范？

鼓励多元探索，也要理性纠偏"误差"

况且，书法还不仅仅只是文字的表现，还是书家综合修养，特别是文学修养的笔墨呈现。

它是视觉的艺术，更是阅读和心悟的艺术，和汉字正大的气象、深邃的诗意、内蕴的哲思相伴随。启功先生说过："字写好了，是读书人的本分，没有什么了不起的。"可就有那么一些胸无点墨、故弄玄虚之人，却喜欢到处泼墨，乱来一气。有几位专家曾发现一幅天书般的丑书作品中，不规范的字竟有70多个，简直白白糟蹋了那张宣纸。可这样的书法生态，几乎无一不打着创新、探索和个性的旗号。不明白有些人哪来的底气，成天想着要"挑战传统"。

不可否认，在丑书实践者中，也确实有一些教授、博导级的书法名家，我们丝毫不怀疑他们的书法功力，也乐见他们的探索成果，但希望这种探索是有益于书法、有益于人群、有益于环境，特别是有益于广大书法爱好者的。如果片面强调"多元"、强调"当代意识"、强调"突破传统"，甚而无意中、无形中起到了负面作用，则应对探索本身可能存在的误差进行深入理性的思考乃至纠偏。

书法之于当代，最大的问题不是创新不足，而是继承不够。书法和绘画虽说同源，但还是有很大不同。绘画可以讲"调和中西""洋为中用"，而书法只能自成系统，因为它是全世界所有艺术门类中的独一无二，是中国文化特有的品牌象征。书法不仅深刻地影响了中国画，甚至影响了不少欧美艺术家，他们虽然不识汉字，但从中国书法中发现了构成美、形态美、线条美和抽象美。从这个意义上说，艺术没有壁垒，它总是存在审美的共性。书法的学习也是一种相对独立且成熟的系统，是几千年文化薪火的传递，是悠悠文气和精神风骨的聚合。如果我们不立足于传统，不从古代经典中吸取营养，而是耽于无的放矢和夺人眼球，既站不住脚，更是一种对当代书法的矮化。

创新不是一句口号，更不是一种杂耍。面对当代书法的种种乱象，我所祈愿的是：在书法的实用功能日益退化的今天，让我们对书法心存一份珍惜，保持一份敬畏；让文墨的芬芳和笔墨的诗意久散不去，传之愈久，行之愈远。

武松的沟通短板

闫　晗

　　武松的故事是《水浒传》里很精彩的部分。对于潘金莲的试探撩拨，武二的反应义正辞严，可看起来慷慨激昂，最终效果却并不好。后来一系列悲剧的发生，不能不说与武松的不懂沟通也有一定关系。

　　叔嫂第一次相见，潘金莲就热情邀请武松搬到家里住，武松也就立即搬来。比起当初兄弟二人的相依为命，有了女主人的家要温暖很多。武松从小就没享受到女性的呵护，此番觉得无比惬意。可惜他不懂得如何跟女人相处。住进这个家里，对嫂子过分关心的言谈举止"不见怪"，对她屡次出语撩拨，他装作若无其事，一直等到她露出底牌，才突然发怒，站在道德制高点指责，且一再提起。

跟《水浒传》里其他的好汉相比，武松有点"表演型人格"，自视甚高，做事最在乎的是姿态潇洒——也就是"别人会怎么看"。他的打虎事迹纯出于偶然，不听店家劝阻坚持独自上山，知道真有虎时想退回去又怕店家笑话，硬着头皮也要走。后来的快活林"醉打蒋门神"更是带着浓厚的表演性质，表现神武给施恩看——你可没错看我。

所以，到了潘金莲让他吃自己剩下的"半盏残酒"时，他的表现并非两个人的沟通，而是像到了被全县百姓围观的打虎表彰现场开始演讲，用了很重的词语剖白自己："武二是个顶天立地、嚼齿戴发男子汉，不是那等败坏风俗、没人伦的猪狗。"然后是贴标签划清界限，享受羞辱比自己道德低劣者的快感："嫂嫂休要这般不知廉耻。"最后一句则是威慑："武二眼里认得是嫂嫂，拳头却不认得是嫂嫂。"

或许是成长环境造就，武松与人沟通时常常使用恐惧诉求，即用暴力威胁。在别人需要用到他的武力时会很风光，比如在景阳冈打虎和快活林打蒋门神，无人敢惹；在并无大事发生的柴进庄上，日常相处中就毫不招人待见，因为他喝醉了就乱打人，又不肯好好说话。人比老虎复杂得多，不是一锤子买卖，尤其要长期相处的亲人，更要细水长流，不能采用"一拍

157

两散"的方式。说话留一线，日后好相见。现在社会上亲人之间出了问题，有不少都源自不好好说话，有理也需要好好沟通才行。

第一次沟通，伤了潘金莲的自尊，让两人产生了隔阂，负气的潘金莲一段时间内都不让武大去衙门找武二。但时过境迁，当潘金莲慢慢放下忌恨，武松却不依不饶。临去东京出差前，武松特意上门叮咛，在哥哥面前暗示金莲勾引他，是个不光彩的人，叮嘱哥哥少做炊饼，仔细门户，话里有话，"表壮不如里壮"，"篱牢犬不入"，在并没有发生什么的情况下，给嫂子贴上"淫妇"的标签，这番特意敲打和震慑，对她产生了一万点伤害，让潘金莲爱意全消，也让关系再度恶化，把可能的"爱人"变成仇人。

潘金莲是个爱情至上主义者，自尊心极强，当初做使女时就是因为拒绝张大户的勾引，才被对方报复，嫁给武大。她不贪图钱财，自我认知是："不戴头巾的男子汉，叮叮当当响的婆娘，拳头上立得人，胳膊上走得马，人面上行得人！"虽然对婚姻不满意，但并不曾放纵，"自从嫁了武大，蝼蚁也不曾入到屋里"。武松的出现和他的男子气概，让她一见钟情，平生第一次尝到渴慕的滋味，才有了不合时宜的期待——只有他那样的男子汉，才是配得上她的。

对于那样一个哥哥，娶到这样出色的嫂子，原本是不正常的，武松装作从未想到过这点，不考虑基本的人性，只一味用道德大棒来打压人。武松此番言行的目的是不拆散哥哥的家，让哥哥平安，但他使用的手段却恰恰起了相反的效果。把潘金莲的爱慕坐实，解读得十分龌龊，还以此为把柄，动辄拿出来敲打哂笑，非但不能显得高贵，却反而是有些下作的了。

《水浒传》中燕青也遇到了李师师的爱慕和撩拨，要他脱下衣服来看一身的刺青，可燕青看出苗头不对，立马问了李师师的年龄，当下要认作姐姐，避免了拒绝别人爱慕的尴尬——尴尬有时会生成敌意，反弹过来。这种装糊涂，反而高级得多。

把别人当成敌人，对方真的就会成为你的敌人。碰到这种情况，该怎么处理才能既忠于自己又不伤害嫂嫂潘金莲（进而间接保护了哥哥武大）？

潘金莲和武松之间有道德与法律等诸多障碍，潘金莲也未必不知，只是在情欲的驱动之下一时忘乎所以。如果武松能够从这个层面讲讲利害，不完全站在她的对立面，表明自己对嫂子这些日子里照顾的感激，也可能激发对方高尚的动机。他从小失去父母，是哥哥嫂嫂让他有了家的温暖，他对嫂子只有对母亲一样的亲情，况且碍于道德与法律，两人是不可能发生什么的。今天就当嫂嫂喝醉了，今后一切如常，还会敬重嫂嫂。把立场挑明，也让对方不那么难堪，有台阶可下。爱与恐惧，都可能是促进行为的动机，而他偏偏选择了后者。

爱可能时机不对，对象不对，可以拒绝，但拒绝的方式不必践踏对方的自尊。马斯洛的需求理论中，爱与尊重的需求和自我实现的需求，每个人都觉得得到越多越好，可也不能忘了——考虑和尊重别人的需求。

爱与恨是很容易互相转化的。当武松不曾出现的时候，潘金莲和武大郎过着平静的日子。金莲爱上武松，却被一顿羞辱，让她由爱生恨，迁怒于武大，也自我厌恶。心理上的自暴自弃，驱使她更容易接受西门庆的勾引——况且王婆的计谋又十分缜密，而此前这一番羞辱激起的对武大的疏远和嫌恶、对武松的忌惮与记恨，让她狠下心来接受下毒的建议。

英雄也有自己的局限，是武松叮嘱早早放下帘子，于是潘金莲的叉竿碰巧打到路过的西门庆，引发了后面的故事。从某种意义上讲，武松其实是推倒第一块多米诺骨牌的人。

我是汪迷

詹超音

　　人生也许能记住三件事：故乡的景，故乡的人，故乡的菜。父亲喜欢说他的故乡，说高邮湖，说大运河，说高邮的由来，说那儿的特产美食。更有说头的是高邮故人：秦观、苏东坡、蒲松龄，还有个叫汪曾祺的。

　　几位故人里，苏东坡和蒲松龄人人皆知。这两人并不是高邮人，是高邮的客。苏东坡在徐州任职时爱往高邮跑，喜欢去泰山庙的文游台与高邮才子秦观雅集，两人好得不得了；蒲松龄曾在高邮的盂城驿做幕僚，《聊斋志异》便是那时候写的。汪曾祺是地地道道的高邮人。

　　古有秦观，今有汪曾祺，这是高邮人的骄傲。因为我是高邮人，我便成了汪迷。

1939 年夏天，19 岁的汪曾祺取道上海，辗转香港、越南，到了云南昆明，抱着碰运气的心态报考，上了西南联合大学中文系。那儿有他崇仰的三位老师：闻一多、朱自清和沈从文。

西南联大一共办了八年零十一个月（抗战胜利后各校返回原地），培养的名家大家众多，汪曾祺是其中之一。令人意想不到的是他并未拿到毕业证书，因为英语和体育两门必修课不及格。西南联大课时宽松，考时甚严，成绩不合格而没拿到毕业证书的学生甚多。教体育的马约翰很强调站姿——站直。汪曾祺讨厌这个教授，他年轻时就有些驼背，始终未能直起来，所以上了几节便逃课。英语是靠记背的，汪曾祺上课从不做笔记，本打算抄人家的，结果考试那天睡过了头，得了零分。缺学分就不能毕业，必须补考，只好在学校多待了一年。恰又逢当局征调应届毕业生充当援华美军的翻译，否则作开除论。汪曾祺自知英语不好，死活不去，那就只能算肄业。学校出来后，汪曾祺因回家路费无着，继续滞留云南，先后在昆明、上海教了几年书，然后跑到北平去找恩师沈从文。没文凭是很难找到工作的，穷困的汪曾祺差点寻死。恩师谆谆开导，给予资助，四处求人，总算在北京历史博物馆为学生寻到一条生路。

汪曾祺一生多舛，好在有一个如父的恩师多方关照，这才安稳了下来。

因为对某张黑板报评说不慎，汪曾祺在"反右"时被瞄上了。幸运的是有人替他说话，逃过一劫。1958 年文联整风复查，"反右补课"时替他说话的人没在，那顶早准备好的"帽子"仍给他戴上，他被撤销职务，连降三级，下放农村劳动改造。那晚，喝了许多酒后，一向对孩子百依百顺的汪曾祺一把拎起女儿，劈手夺过毛掸，没头没脑一顿狂抽。女儿哭得伤心，弄不懂酒为什么把父亲变得如此可怕。之后，她对父亲说："我不记恨你，我只是忘不掉。"这成了汪曾祺最懊悔的一件事。

汪曾祺其实是个很自信、乐观的人，这与恩师沈从文有关，更与家风有关。"生活是很好玩的"是他的名言，也是他对人生的态度。他从小与父亲没大没小，在《多年父子成兄弟》一文里尽显亲和，跟父亲学抽烟学喝酒，17 岁写情书时，父亲在一旁瞎掺和乱鼓捣，哥们一样。汪曾祺得出一个结论："作为一个父亲，应该尽量保持一点童心。"他的儿女们因此也跟他没大没小，有时候唤他爸爸，更多时候叫他老头儿，有了孙辈，孙辈也这么叫，他都乐颠颠地应承；他喜欢在小桌上写作，任凭儿孙们在他头上玩，给他梳小辫儿，扎得花花绿绿，揪得头发根生疼。每当完成一篇文章，他会先让夫人施松卿和儿女看，替他把关。儿女说话不敬时，他会生气，说："我会成中国的名人。"儿女却不屑此说，权当老爷子在说胡话。

下放到张家口沙岭子农科所劳动时，其他人悲观不已，汪曾祺却在《随遇而安》一文的开头写道："我当了一回'右派'，真是三生有幸。要不然我这一生就更加平淡了。"

有人有才而无趣，有人有趣而无才；有人留下文章没留下故事，有人留下故事没留下文章。汪氏的一位后人评价他说，汪先生是既留下很多文章，又留下很多故事的人。发生在汪曾祺身上的故事不少是他自己无法抗拒和掌控的，许多早已飘散在江湖。

汪曾祺会画画，会吹笛，待人和蔼，这跟他那琴棋书画样样都会的父亲几乎一模一样。高邮不乏这样的能人。

我父亲是搞电信的，喜欢无线电，兴趣广泛，特喜欢搞小发明，也会画画，画得很好，能卖钱。这让我觉得高邮湖畔、运河边上的古城确实是个人杰地灵的地方。父亲常带我回高邮，他喜欢去城北的泰山庙，去登北宋词人秦观与苏东坡常聚的文游台。总有人会边看边念："两情若是久长时，又岂在朝朝暮暮。"就此，在我的印象里——高邮很文，文风蔚然。但我那会儿还小，还没听到有人提及汪曾祺。父亲故世后，我年年回老家祭祖，得空又去了文游台，汪曾祺的字匾已入堂高悬。

汪曾祺成名较晚，60岁后，写作成井喷状态，先后写了《受戒》《异秉》《大淖纪事》等数百篇脍炙人口的散文，这才震动文坛，被誉为"为数不多的纯粹文人"。他共写了200多万字，其中100万字写的人与事，无论哪篇，生活味都极浓，能让人读得忘我。他在作品里大都以第一人称出现，笔下的人物都有原型，故而个个活灵活现。汪语不华，通俗，但组合非常精妙，超凡描述，无人能及。作家王安忆说："汪曾祺老的小说，可说是顶顶容易读的了。总是最最平凡的字眼，组成最平凡的句子，说一件最平凡的事情。"

我最爱读汪曾祺的小说与散文，有没读到过的汪文便买，尽管书的内容大都重复。汪曾祺认为小说（重要的）就是语言，所以要注重语言。那些翻开没多会就觉得不想看下去的书，往往是缺乏语言的魅力。而汪曾祺的语言妙就妙在极恰当地使用了最简单最通俗的语言，让人读不释手，有种既想一口气读完，又舍不得读完的感觉。书是让人读的，文是给人看的，愉而让人深思，快而得以启发是写书人的根本。有时候行文受阻，我会翻阅汪老的书，得些顿悟。不少人有着同一体会——汪曾祺的文字，翻到哪一页都能读下去。

汪曾祺受沈从文影响最大，无论写作还是做人。刚开始写作时他让先生过目，沈先生含蓄指点："你的文就像两个聪明的脑袋在说话。"汪即懂，就此，奠定了他写实的风格。

沈从文十分喜欢和爱护汪曾祺，他认为这个学生必成大器。

当年有人问沈从文，为什么（西南联大）会出那么多优秀的人。沈从文只说了两个字"自由"。自由到什么程度？学生可以跟老师争论，面红耳赤；老师与学生是朋友，没大没小。闻一多是个"烟鬼"，学生们时常围住他，他便一一递烟，一起吞云吐雾。汪曾祺后来也成了"烟鬼"。但他故于肝病，与肺倒无关，老人家是很能喝酒也很爱酒的。

今年年初，我关注到高邮的一个微信公众号——"汪迷部落"，撰文的都是"汪迷"，遍布全国，有为官的，也有平民，不少还是文人名士。他们在保护性地挖掘着源于高邮、属于大众的文化宝库，卓有成效。我便也成了此"汪迷"中的汪迷。

老舍梁实秋们笔下的年味去哪里了？

曾于里

"再也感受不到以前过年的感觉了。"不知道从什么时候开始，许多人都会惯性地感叹年味变淡了。每次读到中国现当代名家笔下的春节时，不免心生向往——以前过年，更有年味。年味从哪里来呢？

老舍在《北京的春节》里，为我们生动描绘了一幅老北京春节的民风民俗画卷。"照北京的老规矩，春节差不多在腊月的初旬就开始了"，老舍写道。春节持续的时间很长，人们在腊八那天要熬腊八粥和泡腊八蒜，腊月二十三过小年，"过了二十三，大家更忙。必须大扫除一次，还要把肉、鸡、鱼、青菜、年糕什么的都预备充足"。马上就是最热闹的除夕了，然后正月初一要去给亲戚们拜年。"元宵上市，春节的又一个高潮到了"，直到正月十九，春节才算结束。

哪一天得做什么事，得准备些什么，大人心里一清二楚，也都弄得妥妥当当。这是过节的一种仪式感，"它使某个日子区别其他日子，使某一时刻不同于其他时刻"。仪式感赋予了平凡的日子特殊的情感，让平凡的日子不平凡起来。

这样的仪式感，是旧时生活里的必须。丰子恺在《过年》一文中，也详细描述了从十二月十五到正月十五重要的时间节点该做的事；钟敬文《岁尾年头》里也如此记述，"在十二月十五以后，就进入一种非常的情况里"；陈忠实在《灞河过年的声音》则回忆，"乡村里真正为过年忙活是从腊月二十开始的，淘麦子，磨白面，村子里两户人家置备的石磨，便一天一天都被预订下来"……总之，老一辈人总能清楚记住从哪一天开始，咱就准备过节了。

这过节里，也饱含期待。像孩子们，过年时或许得属他们最欢喜。老舍说孩子们过年有他们的准备。"孩子们准备过年，第一件大事就是买杂拌儿。这是用花生、胶枣、榛子、栗子等干果与蜜饯掺和成的。孩子们喜欢吃这些零七八碎儿。第二件大事是买爆竹，特别是男孩子们。恐怕第三件事才是买各种玩意儿——风筝、空竹、口琴等。"对过年越是期待强烈，等节日结束时，我们的失落感往往也更强。冰心的《童年的春节》就清晰地记着这份失落感。"元宵过后，一年一度的光彩辉煌的日子，就完结了。当大人们让我们把许多玩够了的灯笼，放在一起烧了之后，说：'从明天起，好好收收心上学去吧。'我们默默地听着，看着天井里那些灯笼的星星余烬，恋恋不舍地带着一种说不出的惆怅寂寞之感，上床睡觉的时候，这一夜的滋味真不好过！"

今昔对比，我们不难发现"年味变淡了"的主观感觉从何而来了。在物质贫瘠的往昔，过年是一个盛大而隆重的节日，我们所希望、所渴望的许多东西，只有等到春节才能够实现，所以我们对过年怀有强烈的期待，进行着充分的准备。而今日子变好了，少了期待和苦中作乐，年味自然变"淡"了。

失落的期待，本是可以从仪式感中补回的。梁实秋在《北平年景》说："过年须要在家乡里才有味道，羁旅凄凉，到了年下只有长吁短叹的份儿，还能有半点欢乐的心情？而所谓家，至少要有老小二代，若是上无双亲，下无儿女，只剩下伉俪一对，大眼瞪小眼，相敬如宾，还能制造什么过年的气氛？"但随着城市化进程的推进，以及家庭的小型化趋势，城市里不少家庭过年的确是"伉俪一对，大眼瞪小眼"，失去了聚落和群体，集体性的仪式感也就很难延续下来。以往民间会祭灶、祭祖、上坟、放鞭炮、放花灯、看社火、踩高跷、赶庙会……但这些年俗不少已经消失了或简化了。

年味去哪里了？在城市化和现代化的历史趋势下，一些有着农耕文明印记的年味的确随着时间的推移慢慢消失；但城市化和现代化也在创造着新的人际关系、新的仪式感。单位和公司会组织未返乡员工一起吃年夜饭，给他们归属感；微信拜年、抢红包，让天南地北的人"玩在一起"，天涯若比邻；"集五福"成为一种全民活动，随着互联网时代的到来，一些全新的基于互联网的新的节俗文化在逐渐形成……

我们怀念那些不可复制的传统年味，但与此同时，我们也应该珍惜来之不易的好日子，把眼前的生活过好。年味其实好比西子，淡妆浓抹总相宜。

草

虫

记

海棠和紫藤

肖复兴

一

在北京，老四合院里讲究种些花草，民谚说"天棚鱼缸石榴树"，其实，老院子里种海棠和紫藤比种石榴树的更多。我一直不明就里，为什么对此两种树情有独钟。

据说，海棠最早最盛，在如今的公主坟。不知辽代的哪位公主死后埋葬在那里，在坟前种植了一片海棠，逐渐繁殖，越来越茂盛，在每年的清明前后争奇斗艳，成为京城海棠花艳和传说凄美的独一处。

可以说，以后步入园林和四合院里的海棠，都是从公主坟来的。久负盛名的海棠有多处，其中南城有阅微草堂，相传那里的海棠为纪晓岚手植；西城有李释戡院落，在黄羊胡同，原是一座灵官古庙，有海棠两株，年头老矣，花开甚茂。因花命名，李释戡将自己的这个院落称之为双棠馆，后来成了中美文化办事处。

如今，李释戡这个名字显得有些陌生，但说起齐如山来，知道的人更多些。民国时期，李和齐同为"梅党"，都是梅兰芳的文案，为梅兰芳写过很多新派京剧的剧本。当时，李释戡请陈师曾为他的这个双棠馆题写匾额。这帧书法作品在 2007 年以 30 万元的价格拍卖了出去。在"双棠馆"三字后，陈师曾还写了几行小字："释戡所居有海棠两株，犹吾三槐堂也。"让双棠馆和三槐堂合为一副有趣的对仗，成一时的佳话。

二

在北京，有海棠树的四合院很多。其中有一个小院最让我难忘，便是前辈作家叶圣陶先生家的小院，院子里有两棵西府海棠。几乎每年春天开花的时候，叶圣陶先生都要和冰心、俞平伯等几位老友约好，到小院里一起看海棠花，一时，这两棵海棠树很有名。

　　我第一次走进东四八条这座西府海棠掩映的小院，是 1963 年的暑假，那时我还只是一个初三的学生。那一年，在北京市少年儿童征文比赛中，我的一篇作文获奖并得到叶圣陶先生的亲自批改，还得到叶圣陶先生的接见和教诲。那个下午，是叶至善先生站在门口，因为个子高，他弯着腰，和蔼地掀开竹门帘，带我走进叶圣陶先生的客厅。这个印象很深。那时候，我不知道，是他从 24 篇作文中选了 20 篇交给他父亲，其中有我的那一篇，要不我不会和这座小院结缘。

　　我和叶至善先生的女儿小沫同岁，同属于"老三届"，都去了北大荒，彼此有信件往来。第一次回家探亲，我和她约好，想到她家看望她的父亲和爷爷，因还在"文革"之中，怕给两位老人带来麻烦，谁想到两位欢迎我们的造访。我和我的弟弟还有一位同学一起来到那座熟悉的小院，叶至善先生已经到河南潢川五七干校放牛去了。只有叶圣陶先生在，他见到我们很高兴，要我们每人演一个节目，老人看得津津有味。时值冬日，大雪刚过，白雪红炉，那情景真是难忘。聚会结束，叶圣陶先生还走出小院陪我们照相，就站在西府海棠的下面。只是那海棠已是叶枯干涸，积雪压满枝头，一片肃然。

1972 年的冬天，在北大荒得罪了生产队的头头，我被发配到猪号喂猪，成天和一群"猪八戒"厮混，无所事事，一口气写了 10 篇散文，寄给小沫看，她转给了她的父亲。那时，叶至善先生刚刚从河南干校回来，赋闲在家，认真地帮我修改了每一篇单薄的习作。我们便有了整整一个冬天的信件往来，他对每篇都提出了具体的意见，有的还帮我一遍遍修改，怕我看不清楚，又特意抄写一份寄我，然后在信中写道："用我们当编辑的行话来说，基本可以'定稿'了。"如他说的一样，我将 10 篇中的一篇《照相》寄了出去，真的"定稿"了，发表在那年复刊号的《北方文学》上。这是我的处女作，可以说，是叶先生鼓励并具体帮助我走上了文学之路。

"四人帮"被粉碎不久，中国少年儿童出版社恢复，叶至善先生重新走马上任，着手《儿童文学》杂志复刊的时候，曾经推荐我去那里当编辑。《儿童文学》杂志的同志找到我，那时我刚刚考入大学，没有去成。但我并不知道是他推荐的我，一直到很多年以后，我才知道这件事，体会到他的为人，让我感动的同时也让我感慨，因为今天这样的人已经越来越少。叶先生地位不可谓不高，但他总是这样平易近人、谦和，严于己而宽待他人，替别人想却润物无声。在他

176

家的墙上，曾有这样一幅篆字联：得失塞翁马，襟怀孺子牛。此联是叶先生撰，请父亲写的。我想这是叶家父子达观的人生态度和一生追求境界的写照。

叶家小院我虽不常去，偶尔还是会拜访。前些年秋天的一个下午，我去得早了些，走进那座熟悉的小院，又看见那两株西府海棠。这两株树很有意思，叶至善先生说是"很通人性"——"文革"开始时小沫、小沫的弟弟还有至善先生都先后离开了家，海棠枯萎了，后来家人陆续回来，它们又茂盛了起来。如今，海棠依然绿意葱茏，只是有些苍老，疏枝横斜，晒在树上的斑斑点点的阳光，被风吹得摇曳，似乎将往昔的岁月一并摇曳了起来，有些凄迷。

我的心里有点不安，生怕打扰了叶先生的午睡，小沫招呼我进屋，说爸爸早就醒了，等着你呢！叶先生从他父亲睡过的床上下来，走出卧室，伏在他家的旧餐桌上和我交谈。坐在我对面的叶先生已经是银髯飘飘，让我恍然觉得白云苍狗。人老景老，老人的身体已经大不如以前了。那些年，他一直疲于忙碌，编完 25 卷《叶圣陶集》，又以每天 500 字的速度写父亲的回忆录，马不停蹄地整整写了 20 个月，一共写了 40 万字，不要说是一位八十多岁的老人，就是壮汉又如何扛得下如此重任，他实在有些太辛苦了。在这部

177

回忆录的自序中，他这样写道："时不待我，传记等着发排，我只好再贾余勇，投入对我来说肯定是规模空前，而且必然绝后的一次大练笔了。"

那天，临别走出屋子，来到院里，我和小沫在那两株熟悉的西府海棠树下站了很久，说了一会儿话。午后的阳光很温暖，能看见枝头上青青的小海棠果在阳光中闪烁。我想起叶圣陶先生去世之前的春天，叶先生陪着父亲和冰心先生一起在这个小院看海棠花的情景。那天风很大，却在冰心到来的时候停了；那天，海棠花开得很旺。

如今，海棠依旧，年年花开。叶圣陶和叶至善两位老人都已经不在了。

三

在老北京的院落里，讲究种植海棠之外，还有讲究种植紫藤的。紫藤和海棠不同，海棠单株而立，紫藤铺展成片，需要搭架，占更大的地方才行。所以讲究种紫藤的，大多出自名人或富足之家，尤其在宣南，似乎更多。所以，龚自珍称之为"宣南掌故花"。

宣南一带，最老最大的一株紫藤，在给孤寺之东一户姓吕的人家。给孤寺的位置在如今珠市口之西，陕西巷南口之东。清人有诗这样形容这株紫藤："一庭芳草围新绿，十亩藤花落古香。"说其十亩，自然是夸张，但说它是古香，却是实在的。

在宣南，仅我所知道的，杨梅竹斜街梁诗正（他当时任吏部尚书）的清勤堂、虎坊桥纪晓岚的阅微草堂、海柏胡同朱彝尊的古藤书屋、孔尚任的岸堂和琉璃厂夹道王渔洋的故居，这五家的紫藤极出名，据说都为主人亲手种植。"满架藤荫史局中""庭前十丈藤萝花""藤花红满檐""海柏巷里红尘少，一架紫藤是岸堂""诗人老去迹犹在，古屋藤花认旧门"，这五句诗，分别是写给这五家紫藤的，也是后人遥想当年藤花盛开如锦的凭证。

好多年前，我分别造访过这五处，王渔洋旧居和孔尚任的岸堂已无处可寻，古藤书屋正被拆得七零八落，清勤堂的院落虽然破败却还健在，阅微草堂被装点一新，成了晋阳饭店。

前些日子，我又去阅微草堂一趟，因修两广大街时扩道，大门被拆，本来藏在院子里的紫藤亮相在大街上，一架紫色花瓣翩翩欲飞，倚门卖俏，成为一街的盛景。而杨梅竹斜街已经改造，焕然一新，只是街东口的清勤堂越发低矮破旧，老态龙钟，大门洼陷下很多，院子里的人家搬空，肯定会被整修。只是不知道会不会补种一株紫藤，再现"满架藤荫史局中"的繁盛。

四

海棠和紫藤两者皆可食，只不过，一个是食果，一个是食花。

紫藤的花期比较长，花开之余，用花做的藤萝饼，曾经是老北京人的时令食品。邓云乡先生曾经说："藤萝饼的馅子，是以鲜藤萝花为主，和以熬稀的好白糖、蜂蜜，再加以果料松子仁、青丝、红丝等制成。因以藤萝花为主，吃到嘴里，全是藤萝花香味，与一般的玫瑰、山楂、桂花等是迥然不同的。"

如今，老四合院里的藤萝少见了，味道迥然不同的藤萝饼，已经多年没有见到了。因为藤萝花不好保存，又无法如玫瑰一样做成蜜饯备用，因此，如今北京最大的点心铺稻香村里，有卖玫瑰饼的，没有卖藤萝饼的。以前春末时分遍布京城，藤萝饼很容易买到，并不是什么新鲜的点心，而今成了稀罕物了。老北京失去的东西很多，不在乎藤萝饼这区区一样。

有意思的是，海棠花开得越是漂亮的，结出的果越是不好吃。院子里栽的西府海棠，人们一般都不会吃，落在地上，任其烂掉，或者被小孩子捡起来玩。要吃，吃从西山或怀柔密云的海棠树结的果子。小贩挑着担，穿街走巷卖。那时候，有专门卖一种熟海棠的，毕竟再好的海棠也有一点儿酸涩味儿，用水煮熟，再加一点儿糖，味道和生海棠大不一样。我更喜欢吃用熟海棠果做成的冰糖葫芦，压得扁扁的熟海棠果，甜酸之中还有一种面面的感觉，和山里红不一样。如今，卖熟海棠的也见不到了。

这个世界一切都在变化着，京城花事随京城世事沧桑变幻，是再正常不过的。想当年，法源寺盛开的是海棠，泰戈尔和徐志摩在法源寺海棠花下吟诗一夜，梁启超填词说："此意平生飞动，海棠花下，吹笛到天明。"如今，那里已经变成丁香花海一片，泰徐二位，再吹笛天明，得到丁香花下了。

随意的美好

王　璁

　　在北方养兰花，很难。胡适先生写诗说："我从山中来，采得兰花草。"采兰种兰，总寄望它能开花，久养而无花，让人扫兴。但我以为兰花之好，即使是不开花，叶子疏疏落落，一样很好看。养兰花用古陶盆最好，很大的盆子，零落松散那么几株，不能多，太原人说"闹腾得麻烦"。让它慢慢长，若有上好的太湖石，来个一拳两拳，配在兰花边，极好。无事时与其对坐，捧一卷线装本，天边日影缓缓移动，岁月静好。

　　我奶奶喜欢养花，养各种花。幼时住学校大院，奶奶每日清晨第一件事，是到前院去看花。奶奶个头很小，只一米五几，看蜀葵时总要仰起脸。山西朔州市把蜀葵作为市花，奶奶叫它"大花花"。开花真好看，且好养，根本不用怎么照料，不知不觉，它长起来了，不知不觉，已经开花了！花色很多，白到粉，粉到红，红到紫，浅紫深紫，从花株尾巴处渐渐往上，一路开起。花一直能开到霜降。奶奶很喜欢这种花，偶尔采一朵两朵，放手心里给我看。

小院里还种了很多草茉莉，颜色很杂，奶奶叫它"地雷花"，在汪曾祺先生的书里则被叫成"晚饭花"。傍晚时最盛，于是也有人喜欢叫它"夜娇娇"或"夜晚花"。有香味。还有那种开花浓黄、花朵甚小的雏菊，我缠着奶奶把它弄回家几次，移入花盆，每每死掉。

奶奶还喜欢大丽菊，是一种花瓣重复再重复的花。圆圆大大的花朵，像个大馒头，奶奶干脆就叫它"馒头花"。晋北地区习惯称其为"萝卜花"，是因为它的根很像萝卜。父亲有次画大丽菊，不加一点颜色，满纸墨色，浓淡间开，朵朵用笔有力，有种木刻的味道。

种花养花，总希望看花开，看叶子与枝干的长势，有谁会留意花的根？唯有大丽菊，一年一度，奶奶把它的根从地里小心地掘起来，藏好，不然花会被冻死。大丽菊极其普通，且到处可见。我曾看过一张老照片，男主人与夫人坐在那里说笑，中间一只茶几，摆了一瓶插花，细细一看，竟然是紫红色的大丽菊！顿生一

183

种富丽感。亲切的繁华，才是真繁华，如同世间之事，随意，才让人觉得真心真意。这是民间随意的美好。不像日本花道，处处暗藏机关。后来搬家住高楼，奶奶年年还是要种大丽菊，用红陶的大肚瓶，一左一右，摆在门口的高台上。从秋到春，入夏后，大丽菊连续发花，每朵花可延续开一个多月，真能开！

奶奶在世的最后那年，开始喜欢吊兰。吊兰算不算兰花？父亲喜欢画吊兰，说比兰花更入画，更有笔墨味道。一丛一丛长起来，抽出花茎，长长的，缓缓垂下，然后又一丛一丛长出新叶。吊兰的花小小的，小到让人心生怜爱，花蕊一点点娇黄色，淡淡的，很可爱。有时远远看它，像小溪潺潺。奶奶去世后，父亲把她亲手种的一大盆吊兰搬回来，它一长再长，父亲一分再分，左一盆右一盆，记忆中，家里到处都是吊兰。

我有次去某别墅餐厅吃饭，忽然看到吊兰。眼前浮现奶奶的脸，永远笑眯眯看着我，不说话。我站过去跟它合张影。那吊兰正在开花，一小朵一小朵，碎俏俏的，心里想，我要多看它几眼，就当是替奶奶看，也不错吧？

葱花白，薄荷花紫

傅　菲

　　葱切成圆末，撮一把，撒在汤面上，和煎黄了的鸡蛋以及八九根红椒丝，像不像四季盛在一个青花碗里呢？杜甫写过组诗《绝句》，之三是："两个黄鹂鸣翠柳，一行白鹭上青天。窗含西岭千秋雪，门泊东吴万里船。"语文老师打趣地给我们讲解说，杜甫不是写雪景，而是写一道菜。我们好奇，问，什么菜。老师说，葱末咸鸭蛋。

　　葱从来不是食物谱系中的主角。即使种植的地方，也是在旮旯地头地角。种白菜，种荠菜，种辣椒，地头空小块阴凉地，分株移栽几株葱，浇上水，撒一些草木灰，过个三五天，葱发出细叶。在菜蔬类，葱芽叶至美。一般的植物在发芽叶初始，青绿或黄绿或芽白。葱却是滚圆发绿，像条青菜虫蛹。细胖，中空，油绿，在早晨凝结着露珠，亮亮地闪着光。浇水三次，葱有了半截筷子长。做汤煮面烧鱼，葱是首选。葱有分葱、楼葱、胡葱、黄葱、地羊角葱、大葱、小葱、沟葱、青葱、老葱、香葱，南方人通常吃香葱。

"夜雨剪春韭，新炊间黄粱。主称会面难，一举累十觞。"杜甫的《赠卫八处士》这样写韭菜。时代动荡，有一盘韭菜吃吃，够美好了。但我每次读这首诗，有一种错觉，似乎写的不是韭菜，而是小细葱。葱是百合科多年生草本植物，鳞茎单生，圆叶筒状，随便找一个阴湿有泥的地方，葱也四季葱茏。有些人家，葱不种在地里，栽在阳台、窗台、矮墙上或矮屋顶的花钵里，花钵是个破脸盆、破土缸或破扁篓，装上肥泥，不用施肥不用浇水，满盆浮绿。临时割葱，下到汤碗里。葱割了，过不了几天，又发叶，生生不息。一钵葱，我们一辈子也割不完。

我是很喜欢吃葱的，看见细香葱，舌根生津。原先住白鸥园，八角塘菜场有一个老农，挑一担竹箕来卖葱。我是他熟客。他敲敲旱烟杆，捏着细葱说："全草木灰种，香得凶，嫩得凶，找不到比我更好的葱了。"我信。有时我买一斤，做汤吃。汤上浮一层葱末，像荷叶田田，鱼戏蝶舞莺飞。孩子看我吃白菜一样吃葱，摇头。没切的葱，扔在窗台一个空沙罐里，忘记了，过了两个月，清理沙罐，倒出来，葱叶枯萎了，葱蔸却发出了细叶。窗台上有一个茶叶筒，一直也没扔，我把葱塞在筒里，活了五个多月。

有一次，朋友说他阳台也种了葱，可不是细香葱，大叶葱不如小叶葱香，武汉找不到小叶葱。第二次，他来上饶，我给了他一个纸包。他问是什么，我说是小叶葱，你带回武汉种吧。神不神啊，几百公里，带细葱回去？他说。当然啊，细葱放在手提包里，又不碍事，带回去种吧。他把细葱塞进了手提包。我估计他半路把细葱扔了——除了我这样的人，谁还会带几百公里的细葱回去呢？我是一个多么吝啬的人啊，切下来的葱蔸，我也舍不得扔掉，放在早上泡起来喝，撒几粒盐花，明眼补气益精，驱寒，预防感冒。泡水喝还吃不完，便和鲜红椒一起，腌制，作下粥菜。

镇里有很多农人，去上海包地种小葱卖。我表哥水银有几年不务正业，生活很落魄。他叔叔种了二十多年的葱，对水银说，你要不来上海，一起种葱，一亩地一年可以赚八千来块，夫妻种十五亩地，除了吃喝，一年赚十几万还是可以的。表哥带上被褥衣物，去了上海。可过了一个星期，又回来了。我二姑发火，说，你这个不争气的人，一亩地赚八千，你也不去赚，你要去打抢，也没那个力气。水银说，赚不了三个月，人都要抬回家，种葱比打铁累，早上三点起床拔葱，洗好，扎起来，赶到菜场卖，晚上睡菜棚，蚊子多得可以吃人，铁打的人才可以赚这样的钱。

葱有辛辣味，少虫灾。葱价也高，过年的时候，镇里卖二十块钱一斤。我母亲便怂恿我哥也种一亩葱。我哥怎么也不答应，说葱只是佐料调味，哪有把一盘葱端上桌当菜吃的。我母亲说，养牛把人养傻了，像头牛，走路不知道转弯。

很多人以为香葱是不开花的，一年四季随时割随时长。其实香葱开的花，白如飞雪。冬至后，寒露成霜，早晨的大地一片银白而灰暗。稀蒙蒙的太阳像一块毛豆腐。霜越厚，葱花越白。花葶圆柱状，中空，中部以下膨大，伞形花序球状，多花，花丝锥形，花柱细长，伸出花被外。花伞撑在一枝茎上，像一个梦。冬日，原野萧瑟衰黄，溪流枯瘦，阡陌如死去的藤蔓。一片深绿的地头，一层白花被风吹得轻轻招摇。哦，那是葱花。到了春分，花结成了颗粒般的青籽，山雀开始孵雏鸟，叼食花籽，呆头呆脑地吃，吃得肚子发胀，雏鸟长出了麻黄色羽毛。

在矮屋顶破土缸和葱一起栽种的，还有薄荷。薄荷在入冬之前已落尽了叶子，暗紫色的杆茎已经变得麻白。薄荷七月开花十月结籽，霜后凋谢。花为淡紫色。薄荷如清雅故人，给人凉爽。确切地说，和邻家女孩差不多：挺拔，婀娜，温雅，娴静，穿青蓝色的布衫，戴球形帽。在南方植物里，还有一种植物给人清凉之感，但大多数人不识，叫腐婢。腐婢的叶子采下来，用纱布包起来，手搓揉压榨，汁液入碱水，凝结，便是柴豆腐，拌白糖或砂糖，入口即化清凉无比，醒酒解毒佳品。薄荷也叫仁丹草，解毒解暑，是一味常用中药。

事实上，薄荷是无人栽种的。屋角墙角，薄荷和杂草、洋姜长在一起，三月之后，一枝独杆拔节一样上长，半米高分丫，叶子婆娑。雨落下来，叶子抖一下，水珠滑落。无论雨有多大，激烈狂暴，薄荷不会被摧残。和箬竹差不多。我家楼下，有三株薄荷，长在一棵枣树边。有一次，暴雨下了半天，雨声如鼓，路面被水淹没，哗哗哗，盖过了台阶。家中停电，我站在窗下看雨打薄荷。雨水一遍遍地滚过它的身子，它摇一下，又直条起来，叶子像鳞片。

买了鱼回家，在楼下，顺手摘几片薄荷，洗净晾在砧板上。中午烧菜了，薄荷叶卷曲萎缩。这是我见过的最易干枯的叶子。薄荷去腥，芳香，是烧鱼必备的调味料。也可去冰冻味。去年，我去浙江温州，买了二十条黄鱼、二十条鱿鱼回来，备给我女儿吃。女儿说，鱼冷藏了，有冰箱味，怎么烧都会变味，不好吃。怎么保存呢？饭吃完了，我想出来了。我把鱼抹上细盐，鱼肚里塞几片薄荷。过了一个星期，我烧黄鱼，问女儿："冰冻味，有吗？"我女儿惊奇地看着我，说，和鲜鱼是一样的，没杂味啊。

薄荷叶烧鱼，是每个人都知道的。薄荷叶炒黄瓜、炒豆芽、炒丝瓜，都是十分适合的。水煮豆腐，是家常菜，放几片薄荷叶别有风味。薄荷还可以煮粥。粥煮好了，打两个鸭蛋下去，调稀，薄荷叶切丝，撒下去。这是很多人没吃过的。

有很多动物肉，要么很腥，要么很膻，生姜是无法解去此味的。薄荷可以。薄荷叶、山胡椒叶、酸橙、姜和动物肉一起焖，腥膻全无。

小时候，我吃了太多的薄荷，当药吃。我的小腿，只要被露水打湿了，会发痒，直至溃疡。看过很多医生，都说是湿疹，涂红汞或药膏便好了。我的小腿，整个夏天都是红的，像条赤练蛇。有一次，来了一个凤阳婆，背一个白布的米袋子，她看一个病人收一升米，倒进米袋子里。她在我家里借住了十几天，见我坐在门槛上，给小腿抓痒，皮肤被抓出血丝。她给我开了一个偏方，说，用薄荷包紫苏籽，碾碎，中晚各吃两勺，吃三个月断病根。我祖父收了一畚斗的紫苏籽，晒干，每天中午不睡，坐在青石板上，碾紫苏籽。我整整吃了半年多，病根也断了。

上元节之后，薄荷开花。花从叶子间的节上，云霞一样浮现。

轮伞花序腋生，轮廓球形，花冠淡紫色。秋阳一日比一日羸弱，如慢慢浅下去的水。而薄荷花日日繁盛，像一群火烈鸟飞舞。这个时候，薄荷叶多了纤维，也无人采摘了。暮秋，薄荷光秃，寒风又一年来临。秋风真是个好东西，是时间最锋利的刀。

而葱继续油绿，它躲过刀锋。

葱和薄荷，都是一样的，它们的命运就是担当盘里的配角。大多数的时候，我们忽视它们，甚至彻底遗忘它们。它们是滑稽演员。有很多东西，是恒定的，难以更改的，如世俗的口味。口味就是味觉的价值观取向。

即使是配角，也是深受人喜爱的。

清粥一碗岁月长

厉　勇

晨起，身穿一件单衣的我忽然感觉凉飕飕的。空气里浸透了裹挟着凉意的风，一点点包围了我的身体，心里也终于暗暗感慨：天气终是一天天变冷了。

除了天冷加衣之外，每日的早餐不自觉地把原先的宠儿豆浆给遗忘了，换成了一碗黏稠的白粥。天气热的时候，吃粥觉得烫得慌，还得再出一身臭汗，总是不爽和麻烦。天气冷的时候，热乎乎的白粥倒成了刚刚好，吃进去的每一口，像一把熨斗，把身体和胃都熨烫得平平整整，舒舒服服的。

不过一碗清粥，搭配了油条、鸡蛋饼、菜包、咸菜、花生米、酱瓜等寻常食物，却仿佛人间美味，享用起来，给了自己踏实安稳的心情。似乎有了这一碗白粥打底，这一天的工作和生活就有了丝丝缕缕的美好和清香，以及一粥一饭当思来之不易的温暖。

平时在食堂里吃饭，有很多人把粥叫成"稀饭"。现在细究起来，觉得还是粥这个名称来得文雅来得恰当。稀饭，听起来俗气，更平民。从字面上理解，就是把饭加水，变稀了，这原理和开水泡饭差不多——就像有时候，母亲觉得没胃口，就把开水加到米饭里，这样更能顺下去。简单省事，其实是不能揭露粥的本质和内涵的。

熬粥，是需要花一些时间和工夫的。

抓一把米，淘洗干净，入锅，煮沸，让米粒在高温下猛烈翻腾，像在经历炼狱一般，折腾个把小时。原先一颗颗坚硬的石头一般的米粒，变成一朵膨胀了好几倍的、柔软如棉花的白胖的家伙。再用文火慢炖，让这些白胖的家伙似乎重获新生。它们真的像花一样，吐露稻米的幽香，一点一点弥合、粘连在一起。空气里，溢满了白粥的清香和热味，一锅黏糊糊的清粥大功告成。

这碗白粥，是生病调养和胃口不好的人的神奇良药。很多人，久病在床，吃什么都难以下咽，一碗白粥，就可以顺利打开他们的味蕾，让他们在白粥的滋养下，一点一点恢复体力，一点一点驱除病魔。

牙口不好的老年人，更喜好这碗清粥。不费吹灰之力，就着阳光和腌菜，蹲在墙角，或者安详地坐在空地上，面对冉冉升起的红日，他们吸溜着这碗白粥，对抗着天地间的一抹寒霜。也不知道是因为朝阳的红光，还是粥里的营养，让他们满是皱纹而又黑乎乎的脸看起来面色红润，身体硬朗。

就如我乡下六十出头的母亲。

一年四季，从春到冬，母亲的早餐雷打不动，一定是一碗白粥。秋冬时节，收获了她自己种的番薯，就在粥里加了番薯。母亲总是乐呵呵满足地一口气吃下两大碗。有时候，她一个人在家，贪图方便或者懒得做饭，中午也会继续把早上的粥热一遍吃。

白粥里可以加的东西甚多，南瓜啊，百合啊，花生啊，青菜啊，白糖啊，都可以很好地和白粥的清香融合，调和出更好的更丰富的滋味。

作家雪小禅也曾说，我渴望能在向晚的黄昏里，煮一碗青菜粥，与时间，与懂得的人，共老。

其实，我觉得，连青菜都是可以省略的，一碗白粥就已足够。

守着这碗白粥，一对满头华发的老人，一起在岁月深处，与时光一起慢慢晃悠，晒着暖暖的太阳，一点点优雅地老去，这才是最深情最安稳最慈悲的日子。

这碗白粥深谙人间烟火，也是文人最爱。

就如成语断齑画粥的故事。

北宋时期，范仲淹小时家贫，他只好住在庙里读书，昼夜不息，每日生活十分清苦，用两升小米煮粥，隔夜粥凝固后用刀一切为四，早晚各吃两块，再切一些腌菜佐食。《东轩笔录》记载：惟煮粟米二升，作粥一器，经宿遂凝，以刀划为四块，早晚取二块，断齑数十茎，酢汁半盂，入少盐，暖而啖之。

其实，从最初的一粒坚硬粗糙黄不拉儿的米，变成一颗柔软精致白里透亮的粥米，这其中的千锤百炼，让米已经彻底蜕变。所以，白粥才拥有最深情最安稳最慈悲的味道。

一碗白粥，清粥一碗，在日子里闪耀着朴素的光华，在时光深处绽放成了一朵灿烂的花。

张大千的禅莲里，有心境澄明的欢喜

陈　融

　　这些年去过很多地方，也看过很多地方的植物和花，它们大多昙花一现便在我脑中湮灭，只有莲花的形象从未模糊，并随着我年龄增长而日渐丰盈。西湖的莲花有千年文人遗风，颐和园的莲花有大都的大气……我居住的这个小城，因微山湖多了几许润泽，每逢夏季，百余品种的睡莲、莲花盛大开放，莲香绕城。这样一年年看下来，感觉莲花的色泽、香味、清逸、欢喜已经住进了心里。

　　　　彼诸山中，有种种河，百道流散，平顺向下。渐渐安行，不缓不急，无有波浪。其岸不深，平浅易涉；其水清澄，众华覆上。阔半由旬，水流

遍满。诸河两岸，有种种林，随水而生，枝叶映
覆。种种香华，种种杂果，青草弥布，众鸟和鸣。

第一次看到这段话，尚不知它出自何处，只是觉
着好。几年之后，偶然间得知它原来是佛说《起世经》
中的一段。句与句之间升起清迈与妙洁，可以让人揣
摩山、河、岸、水、花、林、叶、香氛、杂果、青草
及百鸟间无所不在的内在联结。

而今，莲花开遍了世界的每一个角落、有名无名
的河流湖泊。虽处五浊之中，而能无染无著，无惧无
痴，把污泥当作内修、定静的福田，莲花自身具足的
身心清净，使它比任何花种都要具有佛性。完美的花
朵和清香不仅给世界带来美和爱，更带来深沉的喜悦
和清凉，出现在你眼前的这一朵莲花，其实融合了世
上所有莲花的佛性。

因为莲花，也悄悄留意起画莲花的人。

八大山人的莲花简洁而古意充沛；莫奈的睡莲开
在幽谧清凉的童话里；李可染的莲花生命力蓬勃惊人；
林风眠的莲花塘弥漫神秘幽思；吴冠中的莲花如邻家
小妹般清新喜人。但仅仅看到这些我觉得还不够，虽
然尚不明白自己究竟在等待什么，但"等待"已经悄
然存在了。

直到张大千的莲花图出其不意进入视野，我终究明白之前的遗憾来自何处了。见到它的刹那我最先想到的两个字是"清凉"。在那之前，我曾被许多画家的画作吸引，曾对许多画家笔下的莲花入迷，却从没见过哪个画家笔下的莲花具备如此丰饶、惊人的魂魄。离开那个收藏馆之后，一连多个夜晚，我沉溺在他的灵莲世界里……后来，在和一个画画的朋友交谈时，我说了一句话：美到极致是窒息。

张大千一生画过的莲花太多，他说，赏荷，画荷，一辈子都不会厌倦。他画过朱荷、粉荷、黄荷、白荷、墨荷、金碧荷，画过风荷、睛荷、雨荷、雾荷，画过没骨荷、工笔荷、写意荷，荷荷形态虽不同，画面意境却都是冷香无声，清穆如如，在其笔墨之外，徐徐禅意扑面而来。细心留意他的题字，常出现"君子之风其清穆如"的诗语。

《多荷图》只是其中最为普通的一幅。画面上水草柔软丰美，白荷、金碧荷、朱荷、青荷姿态各异，它们彼此熟悉又各自独立地挺出水面。绿色深浅不等的荷叶随风搅动清波，是使人一望便神迷的清凉之地。

看到《多荷图》时，《起世经》中的一段文字不约自到。这份契合如同人与人之间的缘分，它一直在那里，不多不少，不早不晚，只是在等待一个最佳的时间点交汇。

这个一辈子都不会厌倦画莲花的人，一生居处大多伴随着莲花池，晚年在台北的摩耶精舍，虽然没有广阔的荷池可以栽种荷花，但有历史博物馆赠送他的二十四缸莲花，因此，赏莲、画莲，从未间断。

细读他晚年的泼墨写意莲花，看似随意，实则静穆渊深，具有抽象意味，已超越了普通莲花的意义。

被张大千抽骨去筋后，那些莲花只剩下了魂魄。无论是丰澹圆融的粉莲，经过淬火锻造、清水洗涤最终超越"火"独放的朱莲，还是皎洁素淡、无欲无求的青莲，以及被狂风骤雨施虐把生命舞到最后一刻的残莲，皆被赋予了丰富的生命征象，任尔东风西风，我自如如不动。有人对张的禅意莲花赞道：倚于天外来风，其来无影，其去无踪，风抚而过，心自澄明。此句有深意。

看过张大千笔下的莲花，方觉其他画家的莲花稀松平淡，其中最大的原因是他们的画面里缺少撼人魂魄，也缺少"风抚而过，心自澄明"的禅境。莲花的禅意即为清凉，然既无真魂魄，何来真清凉？

张大千上世纪40年代在上海、苏州、成都等地收的"大风堂"弟子，今天有不少还健在，他们经常聚在一起，举办纪念张大千的艺术活动。有一位"大风堂"弟子回忆道："张大千老师的家庭很传统，很讲礼节，家教很严。他对哥哥嫂嫂都很尊敬，逢年过节都要跪下磕头。他对学生相当好，很亲切，很豪爽。我们到他家里，吃住都是他管。知道我家经济状况后，他每个月寄钱给嫂嫂时，也给我家寄一点。这帮了很大忙。因为父亲那时没有什么工作，经常失业。对其他学生，他也是这样照顾。"

虽然几十年没能见上一面，张大千在弟子心中，仍旧是汩汩清流，是恒久喜悦的化身。就像他笔下的上万幅莲花，情意禅意具足，静穆渊深里有无限欢喜。

霜落天下

高明昌

下午三点钟回家，烧饭了。母亲问我，儿子哎，今天青菜烧吗？我则问母亲另一个问题：阿妈，霜落了吗？母亲说，落了一点点。说完是一面孔的歉意，像是霜落与不落是她管的一样，我因此也就不问了。

过了两三天，母亲轻轻走到我身边，笑着告诉我，儿子哎，今天早上的霜很大很大，煞白煞白，都铺了一地了。看着母亲比划着，我自是开心，霜终于来了。母亲说，看霜要起早的。我点头称是。

老家的霜不一样，它落得最多的地方是在青菜上，青菜的叶面上。霜出现了，我们叫"落"，但与青菜搭在一起，我们叫它"打"，霜打的青菜。霜并不会打青菜，只是因为落到菜上后，菜就被很多人定位成需要刨了根、晒过太阳再腌了吃的青菜。霜打过后，菜叶有点焦黄，有点打卷，软绵绵，扁塌塌。连菜板也是，有点耷拉，有点萎靡，看上去就是一派颓废，真的不大叫人待见。

这是霜打青菜的样子，必须承认是有些难堪的，但对于我来说，真心喜欢的恰恰是这样子。它一出现，就告诉我一个季节的真相，也跟我挑明季节、节气与青菜的微妙关系。

这时的青菜好吃了，好吃了！母亲重复着说。与母亲一起割了五六棵青菜，剥掉发黄的菜叶，切了，洗了，倒进滚烫的锅里，拿起铲刀，压住铲刀柄，往锅底的右边扣去，再朝锅的左上边翻去，呲呲，滋滋，五分钟里，手脚忙，动作激烈。青菜炒烫了，缕缕烟气徐徐升起，鼻子里都是青菜气味，清香、温顺、舒适。吃菜的念想来了，食欲来了。

霜打青菜的不雅相，是事实，但从倒入锅底的那一刻起，它的样子就颠了个儿——锅底的青菜，绿，绿得静，绿得雅，绿的是叶；还有白，白的是干，白是纯白，无半点杂质。绿白相间，错落有致，鲜明、嫩相、翠白欲滴。这个颜色到青菜熟透也不改变，一直鲜艳，一直清亮。至于味道，家里人说得最多的是一个字，"甜"。霜打的青菜是甜的。这种甜，没有糖水成分，不腻、滑润、清纯、清喉。还有糯，还有酥、鲜、爽气，还有营养。这个时候，我们家几乎每晚都炒青菜吃。母亲有时说，今晚就烧个芹菜或烧个芋艿，意思是要不要换换口味。我们说行，就多一只蔬菜吧，青菜还是照样烧。母亲笑笑。母亲也喜欢青菜，只是比我们更喜吃酥一点的。这是好办也办得好的事情，我们吃的青菜起锅早一点，母亲吃的则起锅晚一两分钟——相顾相安，相安相悦。母亲客气也满足，笑笑说，其实也不要紧，盛起来放在碗里，菜也会慢慢酥的。

吃青菜的日子舒心写意。如今一个月过去，时间到了 2018 年，我们依旧吃着这霜打的青菜，也不知什么时候会生厌。青菜在我们的饭食里，是持续吃得时间最长、数量最多的菜，未曾霜打时已开吃，虽有点苦和涩，但毕竟是蔬菜，对人身体有利，所以将就着吃。霜打后，吃得多了，吃得忙了。到开春，青菜会突然长出菜薹，速度奇快，我们那时会忙着摘菜薹，每天摘一次，如同青菜一样，也烧了吃。起初，菜薹确实保持着霜打的味道，特别容易上口下肚，但随着日子推移，菜薹会越长越长，也越长越老，待开出了菜花，就不能吃了。母亲摘下菜薹后会放地上晒一天太阳，再用少许盐腌一腌，也当作时鲜咸菜吃。吃着菜薹，有时候想想就有点动情，这是青菜呀，但一生与一身都在付出不同滋味，它无言，又无怨。

霜是天上的，落下来就在野外；在地上，也落在青菜上。霜多时，青菜像是盖了一床雪衣一样厚厚白白的，也是水灵灵的，它像是喝到了天地的琼浆一样醉了，立时把自己变成了人间一道美味。其实，在有霜的日子，天下万物都是霜打的，只是有的披了霜衣看起来清楚，有的没有披霜衣，一眼看不出变化而已。放在家里的其他蔬果，也一样感受并沐浴了霜打的好处，也产生了霜打以后的奇迹，这个奇迹也是让人喜出望外的。

这里要说到山芋。烧饭了，母亲问我，山芋炖不炖？我说山芋不好吃，母亲就建议少炖几只。母亲啊，到了全听儿子的时候，就老了。老了就要我孝顺，孝顺里的"顺"此时比"孝"更重要些。我转而又对母亲说，还是炖吧。母亲便去拿山芋，清水洗净，拿过菜刀削山芋。山芋的颜色已不再鲜艳，很钝，钝得深红，芋面疙疙瘩瘩，品相比刚挖出时差了许多。母亲不管，她用刀根慢慢抠挖凹进的地方，削掉，然后一切为二，整齐地放在碗里，端到灶前。我接过后放进锅里。母亲说，现在是山芋到了最好吃的时候，今晚你吃了看看。我不语。我对山芋的甜体味不深，因为吃得不多。吃得不多，则是因为母亲一直不管我。这就是母亲，母随儿意，母亲乐意，母亲欢喜。

那天吃夜饭了。饭桌上，母亲挑了半只山芋递到我手里。你吃吃看！我接过山芋，看看，肉是金黄的，水晶般透亮。啊呜一口、两口、三口，很快吃光了，又要了半只，也是一样有味道。我惊讶了，心里服帖。我对母亲说，山芋怎么会这样甜？母亲说，每年到了这个时候，山芋就会自己甜起来的。这是真的！山芋会自己甜起来的，自己甜起来才是真甜，这甜是天地之甜：水分特别多，吃起来不会噎着你，一咽就下喉，非常爽；肉质既是嫩生，也有糯味，不粘牙，咬一口，满嘴温润，满嘴喷香，是去年11月的山芋无法拥有的味道。我想问，这是什么道理？母亲说，大概是季节啊！我又想起了"霜打"这个词，可是这霜是打在屋外的，打不到藏在家里的山芋身上。我在家里从未看见过霜，连霜迹也没有半许，霜一直在菜园里，在青菜的叶面上闪耀。

的的确确，霜是被我们关在了门外，但季节与节气是无法关在门外的。

霜落天下，其实也一定落进了天下人家。

螃蟹怎么成了马谡

秋　末

　　螃蟹与马谡，本没有什么瓜葛，一历史名人，一横行小物。今有联系，说在太湖，螃蟹成了马谡，农民成了诸葛亮：挥泪斩马谡。

　　螃蟹与苏州挺有缘的，称不得代称，阳澄湖大闸蟹闻名全国，声誉还远播东南亚。秋天来苏州，就得品尝这道美味。阳澄湖大闸蟹与园林一样，给苏州撑了门面。它那个学名，中华绒螯蟹，戴了个大中华的帽子，挺有气派的。

　　其实，螃蟹与园林不能相提并论，就是在困难时期也呒啥大稀奇，市场上几块钱一斤有的是，在农村稻田里、河浜里捞捞就是。蛮有点诗意的，犹如独钓寒江雪：秋风起，河岸上，搭个草棚，一条竹帘，伸进河里，点盏油灯，蟹自个儿由竹帘爬上岸，一逮一个，一晚上少不了捉几斤。农家一煮就是一锅。随意捉螃蟹，也是农村自然经济的一个标志，今日则成了江南的一个乡愁，会进入余光中的诗里。

螃蟹稀奇起来，是在生活改善之后。品尝美味的多了，九月吃母的，十月吃公的，越吃身价越高。

螃蟹的命运是不错的。大吃大喝之后，"长江三鲜"就被吃得惨不忍睹，鲥鱼、刀鱼几近绝迹，而螃蟹却大肆繁衍。一大原因，螃蟹虽种苗在长江口，内河湖泊里也可以人工养殖。亲眼所见阳澄湖大闸蟹的老家昆山巴城，成片成片的稻田改作了蟹田。

人怕出名猪怕壮，商品世界反其道而行之，就是要出名。阳澄湖大闸蟹名闻世界，冒名顶替的便层出不穷，别人做假，有些自己人也做假。从外地比如说苏北抓来一个祖宗的子子孙孙，放在湖里荡里养几天，就戴了顶帽子——"阳澄湖大闸蟹"。笔者因此曾作短文叫《培训大闸蟹》，发在解放日报"朝花"上。与阳澄湖大闸蟹同时出名的还有太湖大闸蟹，香港人特青睐太湖，二蟹并举。

人富，太湖水也富了，富营养富了蓝藻，污染了太湖水。大片大片蓝藻一度封了湖面，不见天日，蓝藻又腥又臭，老远就可闻到。治理太湖，需要治源头，生活、农业、工业污水难辞其咎。与养殖有关吗？太湖沿岸围网养鱼养虾养蟹，也是污染源头之一，被逐年减少。放养则不在禁止之内，养鲢鱼更有助治污。养蟹呢？中央电视台有档太湖治污的节目，其中有个片断是专为蟹兄洗白的，有画面有旁白，说螃蟹不仅不污染湖水，还帮助治污，水草疯长也会使湖水缺氧，而螃蟹以水草为食，可以防染，螃蟹可养。这如同一道金牌，螃蟹免斩。这让人为螃蟹平冤昭雪而欢呼。

此后，太湖蟹疯长了几年，成了一大产业，一大聚宝盆。常言道，物极必反，螃蟹自然养殖可以，大量网围湖养殖，千万吨饵料下去，可能还有治病防病的这素那素，不可能不污染湖水。禁围湖养殖，一道一道金牌雪片也似飞来。一两年内，太湖三万六千顷，围湖养殖全面禁止。《新华日报》消息云："太湖是我国第三大淡水湖，湖面2233平方公里。从上世纪80年代起，太湖开始围网养殖。'好水养好蟹'，太湖大闸蟹声名鹊起，利益驱使下，到太湖养蟹的不光有本地渔民，农民、外地人也纷纷加入围网养蟹队伍，最多时围网面积20.43万亩。经过1998年、2008年两次集中整治，逐步被压缩到现在的4.5万亩，主要集中在东太湖湖湾的吴中区东山岛与吴江区的庙港、七都沿岸。按照国务院及江苏省相关规定，2020年前取消太湖网围养殖，恢复养殖区原有生态面貌。"

螃蟹这就落得了个下场：挥泪斩马谡！

不同的是，马谡斩了也就完了，螃蟹没有。太湖围网养殖取消，自然养殖还在，太湖大闸蟹这个品牌还在。

史书应该写上一笔：三四十年间，大闸蟹同样经历了自然—商品—生态的三部曲。"横行"者在诉说：人们不要向我学习，不要为了填满欲望而恣意妄为，做什么、不该做什么、怎么做都要循规蹈矩，符合规律。

马谡先生弃之一旁了？也该说几句。马谡也是名人嘛，年年岁岁在做教员。

失街亭，斩马谡。一失一斩，马谡的代称。挥泪斩马谡，这叫爱恨交加，法纪严明。诸葛亮用兵如神，也有用人不当，智者千虑总有一失。还有，纸上谈兵，赵括之类不能重用。那是一笔丰厚的文化遗产。

近来，研究马谡先生也有新的斩获。一个悬案是：智慧如神的诸葛亮为什么会重用不懂实战的马谡？史载：刘备临死之前交代后事，嘱咐诸葛亮，（马谡）"言过其实，不可大用"。孔明先生为何没有执行临终遗嘱呢？有这样的见解：

一是，马谡在刘备病逝以前，先后担任过绵竹令、成都令和越嶲太守，可以说是一个经验丰富、年少有为、履历十分惹人羡慕的年轻人了。也就是说马谡并非一无实践经验的书生。

二是，诸葛亮和马谡的确非常投机。据《三国志》载，诸葛亮"以谡为参军，每引见谈论，自昼达夜"。《襄阳记》中也记载了诸葛亮南征时，马谡提出了"攻心为上，攻城为下"的策略，诸葛亮采纳了他的意见，于是"终亮之世，南方不敢复反"。所以说，马谡在诸葛亮眼里不仅没有前科，而且是非常难得的人才。

三是，山头之故，也就是派系之争。刘备进川后，就有刘备旧部与原蜀中人马产生矛盾，马谡系刘备旧部，诸葛亮必然重用。

也就是说，对马谡先生不能以"一失"将他全盘否定。

移之螃蟹，去其污染，留其实用，斩马谡不是全斩。这也是生态治理中的一个方针。

来，鲜一记

刘早生

冬笋是毛竹的嫩笋，冬藏于土下。"冬笋春笋同一身，名称不同节气分，待到来年春暖日，冬笋出土成春笋。"

冬笋素有"金衣白玉，蔬中一绝"之美誉。乡下人说，山珍海味不如冬笋一味，可见冬笋味道极鲜美。宋梅尧臣在《冬笋》中盛赞说："破腊初挑箭，夸新欲比琼。荐盘香更美，案酒味偏清。"清代，在贵州做官的浙江义乌人陈熙晋将冬笋与茅台酒同列："茅台村酒合江柑，小阁疏帘兴易酣。独有葫芦溪上笋，一冬风味舌头甘。"戏曲作家李斗在《扬州画舫录》中更是将冬笋列为小八珍之一，足见其味之稀贵。

南方农村，房前屋后多的是竹林，竹是毛竹，能长到碗口粗大，五六丈高。乡里人家终日与竹为邻，吃它用它，可以说一日离不开竹。家里的角箩、筲箕、畚箕、筐、菜篮、匾、甑箅、蒸笼，无不是竹子编成。春天吃春笋，冬天吃冬笋。春天的笋子多得吃不完，晒成笋干，或是泡进坛子，四时皆可吃。冬笋量少，难挖到，味道却胜过春笋许多，大家更馋的也是冬笋。

冬寒时节，时令蔬菜屈指可数，萝卜、白菜、芋头，一日三餐吃到头都是这些个，难免吃得有点烦腻，有些麻木。此时冬笋长得正肥壮，晾在竹篙上的腊肉在冬阳的烘照下黄澄澄的，直冒油，上山挖几只冬笋回来炒腊肉，正好解馋。

小时候，跟着祖父去竹林挖冬笋是一大乐事。祖父粗布蓝衫，肩上扛把山锄，手上拿把柴刀，腰间别个旱烟袋走在前面，我背只竹筐屁颠屁颠跟在后面。祖父是挖冬笋的老手，进竹林前，先要看看竹林的长相。那种深绿苍翠的竹林，竹龄三五年，有冬笋的可能性大。那种叶色偏淡，长得稀疏的老竹林有冬笋的概率小。头年刚长成的幼竹节间有一层白霜，这种幼竹下是没有冬笋可挖的。向阳而温暖的地方比潮湿背阴处有冬笋的可能性大。

冬笋不像春笋会钻出地面，它们藏头土中，要找到它们并非易事。不过也有迹可循，那就是跟着竹鞭

"顺藤摸瓜"。首先竹鞭的方向不能搞错，否则南辕北辙，挖半天无功而返。祖父讲，竹叶的朝向就是竹鞭的走向，挖起来就有把握多了。有冬笋的地方，土层大都稍稍隆起，微微开裂。挖冬笋，不能乱挖，先用山锄轻轻刮去竹叶和表土，等能看到嫩黄的笋尖时，再往四周下锄，让整个笋都充分暴露出来，然后下力气往笋的根部刨下去，待到整个冬笋完全暴露出来，用柴刀斩断笋根，这只冬笋才是完整的。若是随意乱挖，很容易就把冬笋从中间挖断，还有可能伤到竹鞭，影响竹子的生长，甚至导致整蔸竹子枯死。冬笋壳色微黄，猪手大小，三寸来长。剥去笋壳，所剩无多，四五只冬笋才够一盘。

冬笋因是春笋的前身，为了保护竹林，不能一味蛮挖滥挖，要挑那种不能出土长成春笋的挖。祖父的经验是："两头尖，中间弯，逢春多半烂；上头细，下头粗，来春成新竹。"就是说，笋形弯曲、基部尖瘦或笋壳开裂老化的笋，不能转化为春笋，可以挖掉；基部丰满、根部发达、笋壳嫩而紧裹笋肉的能转化为春笋，就不宜挖取。

冬笋炒腊肉最相宜，腊肉要拣肥肉偏多的那种，冬笋吸收了腊肉多余的油脂后，色亮如玉，鲜香脆嫩，妙不可言。说到冬笋的吃法，各地特色分明，风味各异。上海的"塌菜冬笋"，笋取其鲜，塌菜则甜糯，绿中映白，咸甜适口；川菜中的"糟醉冬笋"，质地脆爽、糟香醇浓，"干煸冬笋"鲜美芳馥、独成一味；徽菜中的"火烧冬笋"色泽嫩黄，脆嫩鲜香；湘菜中的"酥炸兰花冬笋"，鲜香酥脆、味美宜人。

《山家清供》记载了一则冬笋的吃法，写得实在浪漫："林笋盛时，扫叶就竹边煨熟，其味甚鲜，名曰'傍林鲜。'"这种在林中落叶生火，将竹笋置于火堆余烬中慢慢"煨熟"的吃法，真是有野趣，委实可爱。

梁实秋在《雅舍谈吃·笋》中写道："冬笋最美……我从小最爱吃的一道菜，就是冬笋炒肉丝，加一点韭黄木耳，临起锅浇一勺绍兴酒，认为那是无上妙品，但是一定要我母亲亲自掌勺。"梁先生还真是写出了冬笋的真味。冬笋的味道，其实是母亲的味道，故土的味道。

岁
月
书

老房子里，闻香而醉

李宗贤

　　小时候每年春节，跟父母到我老姐家去吃年夜饭是令我欢天喜地的事。这比平时去老姐家要热闹、好玩得多。我们通常是在复兴公园站乘上 24 路电车，到大自鸣钟下车，在长寿路再乘 16 路或 13 路电车到武宁路桥下车，走上五分钟路到老姐家。那时之所以喜欢去，还因为路远，车票都要买一角钱的——我们同学间正玩收藏电车票，一角的票是大票值的，难得收得到呢。

　　老姐家在安远路 899 弄，近长寿路。那时，这里坐落着好几排日式两层结构建筑，是像积木一般好看的楼房，五十多个门牌，似乎都是双数的。建筑的外墙都匀称地嵌着如鸽蛋大小的鹅卵石，绛红漆色木窗上则装着彩色玻璃。底楼人家朝南处，都带一个齐腰高的木栅栏围成的小花园，总觉得那里面的花草树木四季茂盛。那时，我正读着小说《钢铁是怎样炼成的》，小花园让我想到林务官的家，想到他善良又娇气的女儿冬妮娅。没想到，老姐家楼下陈家姆妈家还真有一个爱穿裙子且裙带打蝴蝶结，气质如冬妮娅、年龄和我仿佛的女孩。女孩叫婷婷，可我称她为"冬妮娅"，显然，我是想把小说里的冬妮娅从少妇再拉回到少女。

春节时候，"冬妮娅"当然也穿上了花布中式棉袄，另有一番妖娆。"冬妮娅"经常上楼来找我的外甥女们玩，这便让我的思绪时不时回到苏联小说的故事情节中去。外甥女们叫我"舅舅"，冬妮娅疑惑道："你们的舅舅怎么就跟我们一般大啊？"外甥女们不好意思起来，便犹犹豫豫叫起我名字，"冬妮娅"知道了，也就跟着叫。我的"舅舅"身份每每濒临破产，只有回到我老姐身边，外甥女们才又守了她立下的规矩，嘻嘻地叫我"舅舅"了。

日本人谦称自己住宅小，喜欢用"猫之额"来形容。学日语的老姐也会偶尔用"猫之额"说家里小。老姐家确实并不大，但有着日式住宅简练明快的格调。房间整洁，杂物都被收进上下铺般的壁橱里。我很喜欢那南北房间都有的宽宽窗台，宽到可以放得下一排杂志，靠窗还有如竖起杂志般高的窗栏。我的小外甥女常常扶着南面窗栏晒太阳，最先看见我们一家到了，便兴奋地向屋里叫着："舅舅他们来了！"

我们通常在上午 10 点左右到达老姐家。见面一阵招呼后，姐夫自顾去厨房忙。姐夫很能干，做着厂校校长，还包了买菜做饭及房间整理。他歇息时，偶尔会抽上一支烟，并用一口宁波鄞县话，像长辈一样问我的学习情况。老姐总在我外甥女面前维护我舅舅的辈分，却又总用长辈的口气嘱咐着我这儿那儿的。姐夫在厨房忙，我想去帮打下手，老姐却说厨房太小，两个人回旋不开，让我和外甥女们到楼下找"冬妮娅"和她哥哥去玩。老姐心里还是把我当孩子看。平时到老姐家里也就是楼上楼下地玩，把楼梯宽宽的扶手当滑滑梯，在小小的门厅里踢毽子，和"冬妮娅"哥哥在他们家小花园的泥地上打弹子。

玩得累了，我便惦记上老姐房间壁橱里的一叠子书了。

在我父母房间里，我只翻到过上世纪 50 年代的《中国青年》合订本和《京剧百图》这样的书。我取出老姐家那叠书翻看，是《邦斯舅舅》《贝姨》《揽水女人》《安娜·卡列妮娜》《复活》《悲惨世界》《呐喊》

《春风沉醉的晚上》等二十来本小说，其中十几本书我都没看过。老姐只准我每次借一本回去看，她知道我谨慎，可还是叮嘱我不得转借外人，见我认真点头了，才让我拿走。我第一次借回家的是《邦斯舅舅》，小外甥女阿春便笑话我是"舅舅借舅舅"。巴尔扎克生前完成的这最后一部长篇小说对世态炎凉、人情冷暖入木三分的刻画，对为谋私利不择手段的触目惊心情节的叙述，让我感到巴黎的天色很暗，心头发堵。当时觉得那是法国社会里特有的现象，没想到后来在自己的生活里也偶尔能听到这类尔虞我诈、争名夺利的故事，让我不由感叹物欲对人道德的侵蚀。我来去老姐家，看完了壁橱里的书，也积攒了很多张一角钱面值的电车票。

母亲说老姐福气好，这辈子得着姐夫的伺候。每次去，我总见姐夫一人乐乐呵呵忙碌多时，厨房里菜香扑鼻。姐夫端出的佳肴是年年上桌的可口家常菜，我们几个孩子心里都差不多记住了菜谱：嵌宝鸭、腌笃鲜、清蒸小黄鱼、酱蛋红烧肉、白斩鸡、红烧羊肉、冬笋黑木耳煮蛋饺、百叶包、黄芽菜炒肉丝、芹菜香干炒肉丝……

那年吃年夜饭时，"冬妮娅"正和外甥女们玩得兴浓，大外甥女硬拉着她坐下一起吃年夜饭。"冬妮娅"

吃了点八宝饭，尝了几口菜便告退，说要回家继续吃年夜饭去。那时的邻里关系亲如家人，叫人怀恋。我跟父母总是傍晚前要赶着乘车回家，所以老姐家的年夜饭为我们而提前到后半晌开宴。饭后，老姐和父母继续拉着家常话，姐夫则喜欢问我们的志向。我说，我想写文章登到报上。我从小学到中学都担任语文课代表，作文屡受老师夸奖，所以回答姐夫的话似有些许底气。大外甥女迪旦叫道："文章登到报上才没有我爸照片登在《解放日报》上稀奇呢！"她从茶几兜里抽出那张《解放日报》，报上果然登着姐夫在工人理论小组学习交流会上正说着话的照片。姐夫的形象在我心里更加高大了。

几十年过去，父母都已老去，老姐家成了我的根。现在岁岁年三十到老姐家做客的再不是我和父母，而是我跟妻子女儿。外甥女们也携了夫婿和孩子回娘家过年三十。如今，大外甥女替父主厨，端上和那些年一样可口的家常菜，但我们已无法聚在两层高、积木般可爱的日式楼房里吃年夜饭了。那座于窗框的木纹和琉璃瓦的叠缝里贮满阳光的温馨楼房，早已被拆去，老姐家已回迁进原址上矗起来的钢筋水泥高层建筑里，关于老房子的念想是没有办法寄托了。然而记忆是一枚一往情深的坚果，可靠地收藏了嵌满圆润精致鹅卵石的外墙，收藏了幽静无扰的小花园，收藏了有色玻璃的神秘七彩，收藏了"冬妮娅"飞扬秀发的芬芳气息。

每年这个时候，我都会把那些年的温馨往事放到暖阳下晒晒，让自己闻香而醉。

莫凭栏，身后是夕阳

查　干

傍晚微感闷热，我步出宾馆，独自走向黑石礁。海声，哗哗复哗哗，好似在倾诉着什么。更有螺号的呜咽，从远水之上隐约传来。海，十分辽阔地展现出她全部的金色光芒，像鳞片，闪闪烁烁地推向天际。斯时的大连——这座古老而新颖的水城，一下子摁亮它无数个灯盏，使天空布满了橙红色。无疑，这是一座梦幻般的城市。它所编织的人间故事，一网又一网地撒向大海，不为捕捞铺垫，只为倾诉备之。

目及处，夕阳真是无限唯美，是近黄昏的那种唯美。是美得极致，美得终曲。怪不得有人独自久久凭栏远眺。那人，乍看像一尊紫铜雕像，立在暮色中，一动不动。我想斯时，无尽的浪花，已尽收于他的一望里了。渔火几点，也已在他苍老的眸子里燃烧，虽然朦胧了一些，但也算清晰可辨。这时，我听见他长咳了几声。他的咳声，在夜风中扩散得很远。难道，这咳声里，还有什么酸楚的、难言的故事吗？

但我相信，这几声长咳，不是因为他呛了海风所引起的不适，而是他回忆的流速，抑或遇到了什么坎坷或者阻碍。或是因为这夕阳太过安静、太过自我、太过逼近内里的储藏；或是因为这渔火寂寥在远水里，不声不响地在凝视岁月斑驳的面庞与额发；或是因为那只掠顶而过的孤鸥对他说了一些什么，或者暗示了一些什么。后来听说，他是来自南方的一位年迈诗翁。而且，在他的名字里，恰好有一个鸥字守着尾。朋友笑着告诉我，他的名字里不但有个鸥字，而且还是瘦的。你不觉得，这里很有些质感吗？那么，这个瘦字里，究竟蕴含着怎样的人生情节？只有他自己晓得，我们又何必去解释呢。

我是远远地凝视着他的。他那一头苍然白发，具有风云特有的韵致。白发缭乱着，像草原上的一丛白草，随风飘逸，像一首婉约诗，让人想起"鸳鸯蝴蝶"。我毅然决定，不走近他，虽然失去一次当面请教的机会。因为我，不愿去搅乱他长长的，被海风梳理着的那一缕思绪。我知道，真的诗人，没有一个是不与苦难相伴的。他也不例外。因为，在他凭栏的远眺里，我读到了坚韧与苦楚。这是一幅极生动的生活剪影，不仔细去观察，难以琢磨出它所包含的，那些雪雨风霜的往事。

入夜，海光仍很亮堂。能看得见，汐所冲刷而来的海草与海虫，也能看得见字迹。于是，我独自坐在一块高高的黑黑的礁石上，打开日记本，涂抹起小诗一首——《莫凭栏，身后是夕阳》，这是自然流露出的一道题目，没有一点推敲的过程。诗句如下：

在你有些漂白的印象里
鸥一定都是瘦的吧
在你秋雨春风的眼眸里
渔火一定都是寂寞的吧
谁说白发的飘动声
抵不过拍岸的浪涛声
谁说仅几声长咳
抵不过岁月漫长的疼痛
我看见礁石边
有孤舟独自在那里横
它确实是睡着了
只有浪花浮举着它

那是它的残梦

飘着长髯的往日的梦

哦　莫凭栏

身后是夕阳

壶里假如有酒

你就慷慨它一次吧

与大海同醉

也是一个缘分吧

枕着浪花入睡

人生能有几回

　　时隔三十余年，又有一个夏日的傍晚，我在北戴河的望海亭里，也来凭栏远眺。海声依旧，渔火依旧，帆影亦依旧，朦胧在水波里。当一股湿湿的海风掠过耳际时，我猛然想起那个蓝色的大连湾，想起黑石礁，想起凭栏远眺的那位诗翁。或许，我现在的远眺里，已经有了他那时的内容与所感。所不同的是，对身后的夕阳，我没有了那种淡淡的感伤。既不惧怕独自凭栏，也不惧怕身后站着夕阳。这或许是岁月之钙，将这一身老骨强化了的缘故吧？

　　假如现在重写那首诗，决然不会有那般感伤的意味了。那首诗，当时没有拿出去发表，在我抽屉里，整整躺了三十余年。而那位诗翁，也早已作古。他墓地边的白草，枯荣交替不知有多少回了。然而，漫漫岁月依然是年轻的，一如往常，在生死来往中不断更新，没见几条苍老的纹理出现在天地间。而我，这一转身，也已是白发人。我不想向苍阔的天与地申诉什么，表白什么。沉默，是最好的一坛老酒，藏而不露，饮而不醉。笑看那些人生舞台，不断地去上演它的喜剧与悲剧吧，让那些角色，也轮番地去奋勇登场吧。作为观潮人，要义是不去议论什么，不去评判什么。有点思想有点视力，就可以了。因为我明白，这海上的亘古渔火，不会因我的一望而不再漂泊，不再寂寞。我只是过客，而非主人，更无法术，使一切变得美好起来。倒是这远方螺号，低沉的呜咽，使夜海上那条月光带，推延得更长更长了。

　　而一只水鸥，正在一次又一次地俯冲着浪花。是嬉戏，还是在渔鱼？就不得而知了。这便是时光之投影，枯与荣，都在其中。

张爱玲最扎心的马路是哪一条

徐锦江

张爱玲最扎心的上海马路是哪一条？

看了李安的《色·戒》，你一定会说：武康路吧，因为王佳芝最后要去的"福开森路"就是现在的武康路。

张爱玲小说《色·戒》临近结尾，王佳芝说的却是"愚园路"。

"愚园路。"她上了车说。

幸亏这次在上海跟他们这伙人见面次数少，没跟他们提起有个亲戚住在愚园路。可以去住几天，看看风色再说。

——这才是张爱玲 1950 年创作的小说《色·戒》中的原版叙述。王佳芝匆匆上了三轮车后，要去的是"愚园路"，而不是什么"福开森路"。但是她差了一点，还是没有逃出封锁圈，最后被她所爱的汉奸老男人老易给抓住枪毙了。

　　李安拍电影，把王佳芝要去的"愚园路"硬生生改成了"福开森路"。

　　不知为什么。

　　是因为"福开森路"念上去更洋气，更有腔调，还是因为李安自己对当今的武康路（福开森路）情有独钟？或者，我们把李安往有水平的方向想，是因为他觉得王佳芝此刻心里还恋着曾和老易"私会"过的"福开森路"路某宅，所以不由自主？但起码，这是有违小说的逻辑和张爱玲的写作初衷的。之所以这么说，一是因为王佳芝的出身地位只是一个广州大学生，书中说到他们一群除奸青年"几个人里面只有黄磊家里有钱"，她有亲戚住在愚园路的弄堂里比住在福开森路的大公寓大宅门里更有可能；二是她要逃离封锁圈，从地理上说，一定是顺道而下，去越界筑路地区的愚园路比去法租界的福开森路更便捷合理；三是从小说的情节逻辑来说，王佳芝虽因为喜欢成熟男人，因为突然想"这个人真爱我的"而放过了老易，却也不至

229

于再犯忌地回去"上次的公寓"自投罗网（且老易狡兔三窟，约会地点是随时变的）。从张爱玲的生活经历来说，她应该熟悉愚园路远胜过福开森路。要避风头，她心中更自然跳脱出的地方一定是愚园路。

不知道李安为什么要执意做这么关键的一改，我相信他是不会轻易修改的，或许他不过是想说明，王佳芝念念不忘成熟男人老易。

但李安如果能够更深入地了解张爱玲的生活经历和她文学创作的关系，他就不会轻易那么改。

张爱玲早年上学的地方是在愚园路西边的圣玛利亚女中，几乎是紧接着愚园路的长宁路上（当时叫白利南路，现长宁路 1187 号来福士广场）。这是近代上海外国人创办的第二所女子学校。历史最早可以追溯到 1881 年由美国圣公会女牧师艾玛·琼斯建立的圣玛丽女校。后改名为圣玛丽女中。新校舍曾搬迁至梵王渡圣约翰大学后面，与大学仅一墙之隔，学校的学制定为 8 年。由于当时圣约翰大学并未男女合校，圣玛丽女校的学生时常会受到圣约翰大学的男学生的"不当影响"。时任大学校长卜舫济深感不安并希望能将女校迁至他处。由于资金问题，该提议一直被搁置。直至 1923 年，卜舫济在白利南路修建了新校舍，圣玛丽女校才迁至此处并改名圣玛利亚女子中学。

由于学费昂贵，就读于圣玛利亚女中的学生多为中上等家庭的女孩子，故圣玛利亚女中被称为贵族教会女校。张爱玲于 1931 年进入圣玛利亚女中，1937年高中毕业，在这里度过了 6 年的少女青春时光。张爱玲最初的写作，如短篇小说处女作《不幸的她》和散文处女作《迟暮》等都是在圣玛利亚校刊上发表的。

张爱玲住的地方则一度是在愚园路东头一拐弯的常德路（原名赫德路）爱丁顿公寓（赫德路 195 号，现名常德公寓，曾有人偷偷把她的译名巧妙改成了爱林登公寓，依我看，还不如大大方方地改成爱玲登公寓更加名副其实）。爱丁顿公寓始建于 1933 年，建成于 1936 年，出资制造者为意大利律师兼房地产商人拉乌尔·斐斯，由法国建筑师 Alexandre Leonard 设计建造，是当时上海为数不多的装有电梯的"高层"民宅。1939 年张爱玲于公寓落成后的第三年，与母亲黄逸梵、姑姑张茂渊第一次住在常德公寓 5 楼 51 室，后去香港读书，1942 年返回上海后与姑姑第二次住在 6 楼65 室，直到 1947 年 9 月。张爱玲在这座公寓里生活了六年多时间。张爱玲一生中最重要的几部作品：《封锁》《红玫瑰与白玫瑰》《金锁记》《倾城之恋》均在此完成。这里也是张爱玲与胡兰成恋情开始的地方和结婚的时候。

1931 年—1937 年（12 岁—18 岁）在圣玛利亚女中读书，1939 年、1942 年—1947 年（23 岁—28 岁）在爱丁顿公寓生活居住（与姑姑合住至合租），张爱玲在愚园路两头一共学习生活了将近 13 年，而这 13 年正是她青春、恋爱并形成三观的重要时期。不仅如此，1938 年近阴历年底，因与后母口角遭父殴打被禁的张爱玲乘隙逃到母亲和姑姑租住的开纳公寓（今武定西路上），也是一条愚园路就近的路，今与愚园路一段同属江苏街道。解放前后，张爱玲的父亲张志沂（逝于 1953 年）和继母孙用蕃（逝于 1986 年）、弟弟张子静（逝于 1997 年）也都住在紧邻愚园路的江苏路（忆定盘路）285 弄 28 号并在此去世，所以说张爱玲经常出没在愚园路上绝对不会是一种臆测，而毋宁说是一种缘分和必然。

张爱玲和愚园路的关系，大可以做一篇张爱玲研究中从未出现过的论文，更具体一点，此论文的题目可以叫作《张爱玲的文学创作和她实际生活区域之联系》。

当然，要糊住人的嘴，从浅表的实证历史研究来说，需要提供一些张爱玲在愚园路上活动的痕迹和证据，《色·戒》最后王佳芝嘴里吐出的"愚园路"三个字是明证。实际地名出现让小说具有了一定的纪实性，小说也确实以郑苹如美人计诱杀丁默邨的真实故事为蓝本，而丁默邨曾居愚园路1010号，说明张爱玲的文学创作并没有脱离她自己的生活，相反很喜欢从她自己身边的生活中寻找创作的灵感和原型。

再来看看张爱玲随笔《谈吃与画饼充饥》中的描写：

> 离我学校不远，兆丰公园对过有一家俄国面包店老大昌（Tch-akalian），各色大面包中有一种特别小些，半球型，上面略有点酥皮，下面底上嵌着一只半寸宽的十字托子，这十字大概面和得较硬，里面揿了点乳酪，微咸，与不大甜的面包同吃，微妙可口。在美国听见"热十字小面包（hot cross bun）"这名词，还以为也许就是这种十字面包。后来见到了，原来就是粗糙的小圆面包上用白糖划了个细小的十字，即使初出炉也不是香饽饽。

> 老大昌还有一种肉馅煎饼叫匹若叽（pierogie），老金黄色，疲软作布袋形。我因为是油煎的不易消化没买。多年后在日本到一家土耳其人家吃饭，倒吃到他们自制的匹若叽，非常好。

远在美国的 1988 年，张爱玲还念念不忘愚园路上的十字面包和肉馅煎饼，而遗憾再也无法尝到，或是庆幸终于尝到了当初因故未尝到的。

兆丰公园对面，愚园路 1401 号曾有个汽车接送，叫兆丰乐府的中西大菜社，号称远东唯一高尚乐府，老大昌面包店可能在其就近，后来的愚园食品店（"文革中"的"合作社"）位置。

再举个现实生活中的案例。不要以为高高瘦瘦的张爱玲真那么孤高傲世，她为了成名，也是可以低到尘埃里去的。据学者考证：1943 年初春的一个下午，23 岁的张爱玲怀揣知名园艺家黄岳渊的推荐信和自己的两个中篇小说，来到上海西区愚园路 608 弄 94 号公寓，这里是"鸳鸯蝴蝶派"主将、资深编辑家周瘦鹃所称的"紫罗兰庵"。

文学青年张爱玲谦卑地自我介绍，她生在北京，长在上海，前年去香港大学读书，再过一年就可毕业，不料战事发生，便辗转回到上海，和姑姑合住在静安寺附近的一幢公寓里。目前主要靠写作为生。最近写了两个中篇小说，记述香港的故事，今天带来请周老前辈审阅赐教。

两人谈了一个多小时。分别时，周瘦鹃请她一周后再来听回音。

一星期后，张爱玲如约而至，周瘦鹃坦率地谈了看法，语多褒奖。张爱玲的母亲和姑姑都是周瘦鹃过去主编的《半月》《紫罗兰》杂志的忠实读者。张爱玲回去后，大概和姑姑商定，准备择日请周瘦鹃夫妇到家里参加一个茶会，以表达感激之情。于是，当天晚上她又赶到周家，向周瘦鹃发出邀请。届时，周瘦鹃独自带了刚出版的《紫罗兰》杂志样刊，去赫德路爱丁顿公寓张爱玲家做客。张爱玲招呼他到了一间精致干净的小会客室。那天参加张家茶会的只有三个人，即张爱玲姑侄和周瘦鹃。三人围坐桌前，海阔天空地闲聊。

　　仅仅数月后，《沉香屑·第一炉香》《沉香屑·第二炉香》先后发表，名不见经传的文学青年张爱玲，即以这两篇作品，掀起"张爱玲热"，二十出头的她迅速蹿红。

　　从中可见，张爱玲至少到过愚园路文元坊周瘦鹃的家三次。

　　但我如果仅仅用这些文献痕迹来谈张爱玲与愚园路的关系，那就太表层了。我要谈的是张爱玲文学创作中所散发出的愚园路的气息和味道。我想，研究一个作家创作和他所实际生活的区域之间的关系，亦即用历史地理的角度去分析他的作品，会是一个很有意思的角度，可以做出无数的论文来。

父亲徐开垒与我

徐　问

　　父亲徐开垒虽然离开我们六年了，每每想起他对我的好，仍黯然神伤。人世间最揪心的事情，是他走了，我却记得他为我所做的每一件事；最伤感的事，是等我明白了他的眷眷之意，他却走了。父亲对我的养育教诲之恩，萦绕心际，历历在目……

　　记得父亲最早给我买书，是在我小学一年级下学期。他带着我到南京路新华书店帮我亲选三本：《西汉故事》《东汉故事》《银河漫游》。每逢星期天，只要没采访任务，父亲都会给我们讲书中故事，他讲得神采飞扬，抑扬顿挫，再加上自由发挥，常常逗得我们哈哈大笑。父亲讲到动情处如岳飞被秦桧害死，我们会为之流下眼泪。他先挑一本书中的几个精彩片段讲，等我们对故事的前因后果感兴趣了，却戛然而止，让我们迫不及待自觉去读书。《说岳全传》《水浒传》《三国演义》，便是在我小学三年级读完的。继而，他又给我介绍了不少外国书籍，诸如《基督山伯爵》《牛虻》《居里夫人》《爱的教育》，等等，它们伴我读完了小学。我如今也习惯了像父亲一样，一有空就去逛新华书店，每一次都收获满满，还经常把许多书空运到美国。喜欢读书，为我日后的工作打下了良好基础。

为了提高我的写作能力，在我读小学一年级第二学期的一天，父亲对我说，从今天开始，你每天要记日记。此后很长一段时间里，他下班回家再晚，也要天天检查我的日记。有一天我贪玩，忘记记日记就睡了，父亲把我从被窝里拖出来，说写好再睡。从此我再也没落下过日记。父亲常常给我的日记打分、写评语，替我改正错别字和语法错误。有个暑假，我几乎天天重复报流水账，写来写去不是"吃妈妈买来的西瓜"，就是"和邻居同学下棋"。父亲的评语是，徐问小朋友，你最近的日记天天写吃西瓜和下棋，有什么意义？能不能写点有意义的事情？

"文革"期间批判读书做官论，把知识分子批成"臭老九"。私下里父亲则对我说，要学好中文，打好中文基础，背一些古文很重要。当时学校里都在停课闹革命，父亲却找出他年轻时用过的《古文观止选读》，让我背诵柳宗元的《五柳先生》《捕蛇者说》、欧阳修的《醉翁亭记》、李密的《陈情表》、韩愈的《师说》《杂说四》、陶渊明的《桃花源记》、范仲淹的《岳阳楼记》、刘基的《卖柑者言》等，为我空虚的少年时代填进一些充实的光亮。

除了在学业上是我的启蒙老师，生活上父亲对我们的关怀和影响也是细致入微的。小时候早餐是吃粥，待母亲烧好盛到碗里，我们急着上学，常吃得肠子都觉得烫，也易得胃病。父亲就教我们，吃粥要先吃表面，再喝四周，然后吃中间，一层吃好再吃下面一层。按这个次序喝粥，果然感觉不那么烫了，同时节省了时间。又比如过马路，父亲要我们左看右看，如果身边有停靠车辆挡住视线，则一定要先将头探出去看，再过马路。他告诉我们，世界上没有比安全更重要的事情了。他总是不厌其烦地教会我们一些生活细节，希望我们一生都能养成良好习惯。

当然，对于做好生活中的小事，向来严谨的父亲是身体力行的。尽管家里藏书多，他都摆放得整整齐齐；他的书橱里，每一本书都有固定的位置。他去世后我们整理遗物，发现书桌抽屉的每一层都异常干净整洁。最让人惊叹的，是他集纳了从他幼年到去世前的上万张照片。从 135、120 相机到后来的傻瓜相机，他拍了巨量照片，使用的照相簿则有 30 多本，按黑白、彩色、年代、工作、亲友、家人等类别排列，每一张照片都被妥妥地安插在相簿里，每张后面都写着：某年某月某日某地，左边是谁，中间是谁，右边是谁。

父亲作品的手稿，除了《巴金传》等已捐出外，都很好地保存了下来。看着方格子里清秀的字体，我们心中油然而生的是敬佩，更难忘父亲写作时的一幕幕。父亲从 66 岁起应上海文艺出版社邀请开始撰写 54 万字的《巴金传》，历时四年。那时家里没有空调，冬天里，他半夜两三点钟便起床，穿着厚棉袄和棉鞋伏案写作；夏天则摇着蒲扇，汗流浃背趴在桌前，汗水常常把稿纸打湿。

我小时候兴趣广泛，喜欢"折腾"。父亲对我的爱好却总是给予无条件支持。读小学时我喜欢集邮，每天晚上盼着父亲回家，他再忙也不会忘记将寄给自己的信封上已盖过戳的邮票剪下带给我；我对做船模产生了兴趣，父亲就慷慨解囊，让我到南京西路船模店买材料回家组装；我又对做木工活来了兴致，他就买锯子、刨子，让我用它们做出此生中唯一一只木箱子，多少年来这只箱子一直被父亲保管着，舍不得丢掉……尽管我"花样"不断，兴趣多又易变，有时候颇有点离谱，但父亲义无反顾做我的后盾。记得有一次我被单位选派去当了一次陪审员，因感触良多、心血来潮，写下一篇一万字短篇小说《陪审员》，父亲便鼓励我把它投给筹备中的《宁波文艺》杂志社，未料想在创刊号上发表了，尽管略有遗憾地把我的名字错刊成了"徐向"，但这毕竟是我唯一一篇公开发表过的小说。

"文革"期间，我在同学影响下自学英语，当时缺乏学习书本，母亲向一位老教授借来语法书，父亲则跑到外文书店，买来两报一刊纪念巴黎公社一百周年的长篇社论的英文版，让我每天背一段。学英语后我对文字翻译感兴趣，在一个酷暑自己动手译起一位英文作家的中篇小说，名字不记得了，讲的是一条狗的感人故事。父亲便特意带我到翻译家、长篇小说《牛虻》译者李俍民家里请教如何学外文。李先生告诉我，要翻译好外文，最重要的是先学好中文。他说，你自己第一语言没学好，如何将外文表达得好？那次父子登门求教，收获至今难忘。

1986 年，我参加改革开放后第一次全国律师资格统考，拿到了律师执照，并在市政府机关工作。父亲对我语重心长地说，你的责任重大，业务水平必须好好提高。他联系我的大伯、民法专家徐开墅教授，让我一有空就到大伯家，旁听他给研究生的讲课。1988
年，我去职考托福，申请自费留学到美国加州大学伯
克利分校读法学硕士，父亲知道后又是全力支持，鼓
励我趁年轻到外面去看一看、闯一闯，他还用自己的
稿费给我买了去旧金山的机票。我到美国后面临很多
困难，父亲一直关注我，不断来信给予安慰鼓励。我
在美创业后，父母亲四次到美探访，最长的一次居住
了约一年，我陪父亲游历了许多城市，在一起谈论过
去、现在和未来……

　　我在美国硅谷从事了近 20 年高科技风投基金的工
作。父亲鼓励我说，你兼具中西方文化教育背景，了
解中美法律，又熟悉中美两国的经济环境，如果把外
国的先进技术引进来，对国家和个人都是好事情。在
他支持下，我夜以继日工作，几乎每月都在中美之间
当"空中飞人"。按理说，与父亲距离更近了，我们交
流时间应该更多了，可是往往我的工作一展开就收不
住。我一有时间就会去看父亲，最难忘 2012 年 1 月 14
日，临近春节，我和父亲一起吃饭，帮他解决一些家
务事。临走时，父亲对我说："徐问，你还有什么话要
对我说吗？"我当时并没有反应过来，想着忙完这一
阵，一定好好陪陪父亲。想不到 1 月 19 日父亲竟撒手
离我们而去，他再也看不到我在事业上点点滴滴的进

取和进步，每念及此，我痛心不已……

　　父亲笔耕了一辈子，从 13 岁开始在报纸杂志上写文章，直到他去世那天上午还写了日记，坚守着七十几年如一日（"文革"期间除外）的习惯。然而再忙，我们总是他心里最大的牵挂。小时候家住黄浦区江西中路麦林大楼，离圆明园路上的文汇报社较近，父亲平时忙于工作，家务自然由母亲全包。每当我发烧生病，母亲到邻居家给父亲打电话，父亲总是立即赶到家里，背着我到山东中路上的仁济医院挂急诊。时光虽过去五六十年，我却还记得起自己伏在父亲背上，听得见他心跳的声音，也似乎还能感觉到我心里暖暖的。

老正兴的前尘琐闻

沈　扬

把鱼虾蟹鳖文章做得很出色

　　若干年前听历史学家、《大公报》老人唐振常先生谈"吃经"（他同时也是一位美食家），说到了曾经驰誉沪上好多年的老正兴饭店，当时他在《朝花》副刊连续刊登数篇有关"吃"的文章，便说老正兴的青鱼秃肺可是名菜啊，荷叶底清蒸草鱼也好吃，那个油爆虾不但烧得鲜脆入味，而且只只饱满。老先生说他的吃食文章如果顺利做下去，说不定会专门写一篇老正兴。

　　我是在南苏州路唐振常老先生的寓所听他说这番

话的，取名"半拙斋"的书房里茗香言酤。之所以对老正兴有较多的议论，是因为唐先生获知我是无锡人，父兄叔叔当年都是沪上饭店业的老职工，同村（徐祥巷）族人沈金宝当过正兴老号掌门人多年，便有了话语互动的兴奋点了。四川籍的唐振常熟悉川菜自不必说，而作为沪渎老住民对本滩饮食也一向钟情，他说苏州味的老松盛和无锡味的老正兴他都是喜欢的，不过要说名气，自然还是老正兴更大一点，"最兴盛的时候，上海滩上同时用正兴做牌号的大小餐馆少说也有一百家"，唐先生说（后来我在周三金著《上海老菜馆》一书中，看到了沪上曾有 120 家老正兴饭店的记载）。唐老还说苏州无锡都在太湖周边，提取湖鲜水产便利，就在菜品中把鱼虾蟹鳖文章做得很出色。

青鱼秃肺、烧圈子、生煸草头

唐振常所说的几样正兴菜，笔者也是常有所闻的，自幼年到成人，我身边的"饭店人"可多了（沈金宝不但曾经执掌老正兴，参资或独资开设聚字号饭店茶楼也有十几家，发迹后带出来的乡党门生真不少），他们对正兴菜肴自然不陌生。金宝的儿子瑞云晚年忆记父亲创业家史的文字中，就说到了"青鱼秃肺"这道菜：一年冬天，杨庆和银楼的"小开"杨宝宝对正兴馆的厨师说，青鱼的肝是很好的滋补品，质地软润，把它做成一道菜，一定受欢迎，而且可卖好价钱。厨师便选了几条大乌青鱼，取出鱼肝，洗净后加些嫩笋，用油、糖、醋、酒以及葱、姜、酱油配制调料，一道实验新菜便出来了。杨宝宝试尝后觉得满意，便呼朋唤友前来吃了几次，"青鱼秃肺"于是传扬开来。笔者幼时常听父兄说，青鱼是锡帮店的看家菜，肉质厚实，全身各部位都可做成一道菜，面孔做鱼扒，腹肉做肚档，尾巴就是红烧划水了。至于鱼的舌头也能做成一道菜，听起来有点儿玄乎，却也是真的。瑞云记录了这样一则故事：沪上富家子弟祝伊才（祝二）兄弟，对真正老正兴的红烧青鱼舌头很欣赏，每次约友来吃午饭，必点这道主菜（业内称此为富贵菜）。饭店接受预约后，当天便得准备二三十条大青鱼，小心地取出鱼舌，由最好的厨师精心烹制。富豪家的公子吃饭也讲派头，近午时先来一辆车，载来两位老妈子，在大包房里安排好碗筷碟子；十一点三刻第二辆车到了，由仆人送来白米饭；十二点的时候，祝二等三五人鱼贯而来，入座后随意再点几样菜，然后上菜吃饭，吃完就走。回忆录中对杜月笙等上海滩大佬请客吃饭也有记载：杜家的尊贵客人是不来饭店的，由近十家名菜馆各派师傅上门烧菜，真正老正兴每次派两人去杜公馆，烧两荤一素三只菜，包括青鱼秃肺、烧圈子（猪大肠）、生煸草头。

我曾听晚境中的大哥说起草头圈子这道菜，他说开初的时候圈子和草头是一荤一素两样菜，后来有人提议说特别油腻的猪大肠用碧绿生青的金花菜（草头）垫底，浓淡相配，一定色味俱佳，后来经过实验，就合二为一了。大哥说炒草头必须用猪油，急火快炒，方能保持色彩的青翠鲜亮。正兴馆还有好多拿手菜，诸如清蒸白鱼、红烧鳗鱼、油酱毛蟹、正兴酱方、冰糖甲鱼、脆鳝、炒蟹黄、虾子大乌参、母油船鸭、"一品锅"（内含全鸡全鸭全鸽的大蒸锅），等等。当时一些军政要人时常光顾老正兴，仅有记录的就有白崇禧、朱家骅、蒋经国、吴国桢等人。

沈金宝出生于 1876 年，14 岁到上海鸿运楼做学徒，刚成年便当上了"把作"（厨房负责人），上世纪头十年里开始投资参股办饭店。我大哥和叔叔长期供职的聚昌酒菜馆，是金宝与人合作开店的第一家（店址在福州路福建路转角处今吴宫饭店边上，1951 年我曾跟随大哥在此店住过两三天，晚上睡在二楼地板上，满室乡音，翌日清早被楼下石路上有轨电车的当当声扰醒）。聚字号菜肴的特色与老正兴一脉相承，可谓正兴支系。沈金宝妻弟朱清裕也是餐饮能人，主持聚字号中的聚商老正兴等多家餐馆。

以正兴冠名的饭店，最早是由浙江人蔡正仁、卓仁兴（一说祝本正、蔡仁兴）于清同治年间创办的，两人名字中各取一字作店名。那是接近世纪之交的时间段，开埠不久的这个东方都会成了五行八作大获利市的好所在，南北菜系纷纷"登陆"，苏锡帮餐饮占地理之便独占先机自在情理之中。早年的南京路（山东中路口）有座大陆商场，场间一条小街叫佛陀街，正兴饭店就开在这条小街上。老板雇用的无锡籍掌勺师傅范炳顺烧的几样无锡菜浓油赤酱带点甜味，很为上海住民所喜爱，所以一开始就生意兴隆。

正兴馆后来的衍变，也与这位无锡师傅有关系——范炳顺不久就离开蔡老板自立门户，在附近的二马路（九江路）上开饭店，也以正兴作店名。此后的情形是商场原址盖起了慈淑大楼（后改为东海大楼），蔡范两家的"招牌战"也连续打下去，老正兴，真老正兴、真正老正兴，同治老正兴，真的是你方唱罢我登场。沈金宝是在蔡氏以真正老正兴冠名的时段加盟该店的，当时蔡老板（是蔡正仁本人或已传给儿子，不详）资金周转不灵，求助于他，金宝于是出资一千元，出任经理，他走马上任后改革店务，厨师都用无锡人，司务、堂倌基本用无锡人，菜品烹调在锡帮菜的基础上进行适度的改良调整，以适应上海滩主流居民的需求。沈金宝主持老正兴的时候是其事业的顶峰期，不幸的是这位餐饮红人突患中风离职并于1940年谢世，其子瑞云继承父业，曾投资、供职多家餐馆。

相互渗透融合是很自然的事情

笔者1984年进入汉口路上的解放日报社工作，出大门不到百米就是山东中路上的老正兴菜馆。据有关图书记载，此店由九江路迁来，原是创建于1916年由夏姓无锡人经营的正源馆，上世纪20年代改名源记老正兴，后因曾易名同治老正兴而与沈金宝当过经理的那家老号同名店发生"盗名"诉讼纠纷（此时的蔡氏老店已转入异姓人手里）。1955年，陈毅市长曾经陪同周恩来总理在此用餐（点了青鱼划水、虾子海参等）。进入新世纪后这家菜馆搬到了福州路现址，聚字号老店聚昌馆于60年代歇业，聚商老正兴则搬迁到市郊闵行经营。

对于曾经很风光的锡帮菜的淡出江湖，笔者曾听多人议论，并在一次与文史专家蒋星煜先生晤叙时提及，蒋老说苏锡菜与上海本埠菜的特点比较接近，很长时间里互相借鉴，彼此影响，已是我中有你，你中有我，老正兴也就似乎并不太牵强地被归入"本帮"了。蒋先生说本帮菜最早是由浦东三林人在老城厢做起来的，号称"铲刀帮"，这个帮系的特点是善于吸收，比如有这么个说法，一家苏帮饭店烧出来的八宝鸡受人欢迎，本帮老店的人就把它"拿过来"，经过一番改造提升，变鸡为鸭，一只八宝鸭名菜就出来了。蒋先生笑着说，你如果留意一下，可以在本帮馆的一些菜肴点心中找到人民饭店前身五味斋的影子，当年五味斋的菜点可是地道的苏锡味啊！"江南的江河湖泊水流相通，饮食文化中相互渗透融合是很自然的事情。"老先生作如此归结。

是的啊，上海这个"大码头"，有的是吐纳消化提升放射等综合功能，"路径"之中发生一点"化而合"的现象一点也不奇怪。曾经为本帮菜起过铺垫作用的苏锡菜的故事，连同苏锡帮人对大上海餐饮业的贡献，已经留在历史里。

程乃珊的笑和她打开的另一扇门

毛时安

　　程乃珊给我的最深印象是她的笑声。总以为大户人家的女子，笑得莞尔、文静，带着点修饰的意味。就像文学作品的句子要那么点修辞，来显示文采的不同。程乃珊的笑，是大声的，人未到，声先到，笑先到，几步开外就可以听到。程乃珊的笑，是不假掩饰的，发自内心的开怀爽朗的笑，是率真而富有感染力的，那种纯净的笑，总使我奇怪地联想起阳光下堆着的细细的白糖来。五年来，每当想起程乃珊，我就会听到她的笑声，看到她生动飞扬、充满了活力的笑容，那来自天堂的笑声。是的，我断定，在天国她依然保持着当年在人间的热情和爽朗。

　　我和程乃珊认识在上世纪 80 年代。最初的照面应该是在上海作协和《上海文学》举办的青年作者学习班。就是在中国文学大河陡转的节点上，程乃珊勇敢且带着点胆怯、羞涩，开始了她的文学书写。像世界的那些大城市一样——伦敦的东区和西区，北京的东城和西城——早年上海的空间，曾经有它"上只角"和"下只角"的独特历史文化格局。一般来说，"上只角"和"下只角"形成了上海空间富裕/贫困、享受/艰苦、充足/匮乏、华丽/粗粝、脑力/体力、商业娱乐/工业产业的二分格局。以前，"上只角"在上海人心目中是想象中的"上流社会"。绿树掩映中的尖顶小洋房，落地钢窗打蜡地板，地坪装着弹簧的舞厅，烛光灯下在高脚玻璃杯里晃动的血红的葡萄酒、琥珀色的威士忌，以及钢琴、电扇、西餐、咖啡……1949年以后相当长的时期里，工人、工厂、新村，人们的劳动和生活，则成为作家们描写讴歌的主要题材。

从1979年《上海文学》发表处女作《妈妈教唱的歌》开始，呈现更多元生活状态的那些人在程乃珊小说中陆续登场，他们以文化和知识服务于一个新的时代，但他们身上和血脉里也流淌着过去时代的痕迹，保留着考究的衣食住行、生活习俗，以及修饰得体的文化教养。然而，毕竟那还是一个冰河解冻的时代，程乃珊的叙事是试探性的、小心翼翼的，同时也带着她初登文坛的青涩和稚嫩。但那些男女主人公文质彬彬的气质，文字间弥漫着的和大多数当代文学作品不同的气息，很快就吸引了读者。对于广大已然习惯了工农兵文学的读者来说，程乃珊正在建构的文学世界则给他们带来了许多全新的阅读快感和体验。1984年2月《上海文学》发表了我写的程乃珊小说评论《独特的生活画卷》。这是我写的第一篇作家论，也是程乃珊小说的第一篇综合评论，对我、对她，都影响深远。

因缘际会。因为写作，我和她认识，成了朋友。我是个记性较差的人，记得的东西少，因为少，记住了，就是一辈子。西方礼数我记得两条。一是"After you（您先）"，是跟外籍英语教师凯瑟琳在电视节目《Follow me》中学的。出国在电梯里，遇见老人孩子女士，说一句，很溜，很受待见，外国人以为我英语底子有多棒。还有一句就是"Lady first（女士优先）"，程乃珊夫君老严就是实践这句话的模本，永远忠心耿耿，保镖似的保护着太太，多少也强化了我对女性尊重的意识。开始，我们都比较拘谨。后来熟悉了，时常会听到她大声开怀的笑。事实上，程乃珊成了这座城市某种生活方式的一个代言人。她在《新民晚报》发表《你好！帕克》，一下子唤起了这座城市蛰睡已久的对好莱坞巨星格里高利·帕克的怀念旋风，而且居然收到了帕克的签名影集。几年后，又和白发苍苍的帕克在美国的寓所见了面，谱写了一段浪漫奇迹。

程乃珊是个热情的人，是个喜欢热闹、醉心于生活品质的人。她家三楼的客厅自然而然成了她身边那群人活动的沙龙，经常宾朋满座。老式的留声机里放着好莱坞歌星平·克劳斯贝磁性十足的歌唱，那是程乃珊的所爱。她曾好多次对一脸茫然的我讲克劳斯贝的歌声如何美妙。让那个脸蛋圆圆的小女孩郭庭珂弹一曲《少女的祈祷》。在与沙沙的歌声交替的甜甜的琴声里，大家手持一杯咖啡，吃着老严特意从"凯司令"和上海咖啡馆买来的西式小点心，有说有笑，人像流星一样撞过来撞过去。上世纪80年代中期社会刚开放不久，记得我第一个圣诞节就是在她家客厅里过的。他们也偶尔谈点文学，大都不是我们中文系教的，而是被忽略的张爱玲、苏青，还有刚重新出版的张恨水的《金粉世家》。她的一个小闺蜜还托我买过这本书。多少年后，据老严说，这孩子在美国做了房地产商。程乃珊与大家周旋，如鱼得水。她的笑声漂浮在各种声音之上，是每次派对的主调，像烛光感染着大家。那种无拘无束的交谈，让学文学的我，不由自主地想起书本里见过的乔治·桑和巴纳耶娃的文学沙龙。

难能可贵的是，程乃珊不仅在时代浪潮的冲击下，延续了一种城市历史文化基因，而且始终揣着一腔朴素的平民情怀，生在静安区的高门大户，工作在棚户工房连片的杨浦区。作为班主任和英语教师，她满怀赤诚把知识传授给那些像我一样在寒风里长大的工人的儿女们，给他们的人生注入善良信念的暖流。这种穿插往返，也震撼、改变、丰富了程乃珊自己的精神世界，不但使她笔尖涌现了《穷街》《女儿经》这样有着对平民充满人道主义温情的小说，而且也赢得了学生们发自内心的爱戴。她在病榻上的日子里，这些当年的穷孩子们轮流为她值夜班。遗爱在人间，她把这一切写进了她晚年留下的文字里。

程乃珊是一个优秀的小说家。从取材于夫君严尔纯外公绿屋的中篇小说《蓝屋》到取材于银行家祖父的长篇小说《金融家》，她的目光从自己这一代人身上回溯到祖父那代人。《金融家》原名"望尽天涯路"，有着说不尽的沧桑、望不断的悠远，我们看得到随着时代的进步和开放，程乃珊创作雄心的拓展和视野的开阔。她试图像高尔斯华绥创作《福尔赛世家》那样，打造一部家族史式的鸿篇巨制，史诗式地贯通一段中国民族资本波涛汹涌、曲折艰辛的秘史。说到她的小说，大家总提《蓝屋》《女儿经》《穷街》，其实《金融家》才是她文学的高峰之作。可惜的是,《金融家》也成了她作为小说家的压轴演出和谢幕之作。从精神现象学的角度解读程乃珊小说,时代在她心里留下了微妙的投影。一方面,她依恋和沉浸于对往昔时光的回味,那是一种真正的烙印;一方面,又为在新时代里自己能不靠吃祖宗老本自食其力而自豪。她的遗著《远去的声音》第一篇《钢铁是这样炼成的吗》,从标题就可以听到来自地表深处的恍惚,传达了对出生在同一个家庭的妹妹心里的哥哥,自豪与惋惜交织的复杂心理。对于童年大少爷气质的哥哥和几十年后入党成为厂长、副市长的哥哥形象,连程乃珊自己也"剪不断,理还乱"。老严不愧是最理解自己爱妻的人,把这篇置放在头条,它使我这个远离他们生活的工人的后代,阅后都为之怦然心动,五味杂陈。这个时代里,我们中一些人戾气十足,总喜欢二元对立,绝对化地评价人物、生活、时代和历史,但人的内心其实经常会有一言难尽、非常纠结的一面,这,才是真实的"人性"。

说到程乃珊的小说,有人把她称为张爱玲的"传人"。其实文学的价值在于每个作家叙事、书写的不可替代性。王安忆的《长恨歌》一问世不久,就有评论家把她比作张爱玲,我当时就撰文坚决不赞同。程乃珊欣赏、喜欢张爱玲不假，但同样出自名门，张爱玲眼里看到的都是恶，她对人性、人生、社会有一种来自血液里的仇和狠。《金锁记》里曹七巧对女儿的乖戾和变态，映射出她几乎是怀着绝望在和一个世界撕咬。而程乃珊的《女儿经》里的沈家姆妈为了三个待字闺中的大龄女儿的婚事美满，恨不得把自己的心掰碎了给她们，那种爱是大大溢出了自己能力的。程乃珊把寻常人间烟火气写得真切到有了身临其境的肌理感，把一个既不富裕也不贫穷的母亲和三个女儿的心理刻画得入木三分。王安忆前不久撰文纪念程乃珊，说到程乃珊的小说"和文学奖的缘分，总是差了一点点"。这"一点点"，我亲身经历过。1988年1月，我担任全国中篇小说评奖的初评委。程乃珊有两篇入围，其中一篇就是《女儿经》。几轮投票都有《女儿经》，最后一轮，获奖的是14票。《女儿经》13票，以一票之差出局，是真正阴差阳错的"失之交臂"。初评委大都是我的同龄人，交谈中有评委觉得程乃珊这部小说"俗"，我很有点为之打抱不平。其实有些获奖的作品，我实在也没有读出多少雅来，况且，《三国演义》《水浒传》，宋词、元曲在它们出生的那个时代，哪一部不是拿着市井的"户口簿"和"身份证"？我想，经过沉淀，多少年以后谈论上世纪八九十年代中国都市文学，程乃珊的小说一定是一个绕不开的存在。那年，程乃珊第三部小说集出版，她自己在代序中写道：我替她取名《女儿经》，似有点俗气，但按民间习俗，似孩子取名俗一点，容易长。更何况，我的孩子，不过来自寻常百姓家。

后来在香港兜了一圈，程乃珊又回到了上海，回到了愚园路。世道已经大变，上海开始了"比香港更香港"的时代。新时代的上海需要一个昨天风情的讲述者，一个历史底蕴的填充者。作家程乃珊是一个理想的讲述者。她充满热情，奔波活跃在传统纸质媒体和新兴电视媒体之间，讲述着曾经的上海的风情。小说家天性留心细节，程乃珊的非虚构上海讲述中的那些小洋房、高级公寓楼，总是藏着、掖着一些动人的"小东西"。许多上海人喜欢她，许多新上海人也喜欢她。上海因为她，有了一种热闹，香港则不会。我想，这也是她重回上海的原因吧。程乃珊用她的小说书写，充实了上海城市文学叙事的一半，又用非虚构的文学书写，完成了她关于上海文化和历史的另一半叙事。上海，有许多可以进去的门。其中一扇关闭了许多日子的大门，因为她，打开了。

但我以为，或许有更重要的，就是程乃珊在后来的各种文化场合，她一生未变的纯粹的充满感染力的笑，和笑容背后传达的达观爽朗的人生态度。她，没有心机，通透豁达，活得快快乐乐。几乎所有认识她的人，都愿意接近她。尼采说过，一个人精神层次越高，心理就越健康，发自内心的微笑与喜悦的表情也越多。因为他感受得到细微的事物，发现人生中竟藏着许多快乐的事物。

记忆中的"锦园"，是否还是原来的样子

曹可凡

哈佛大学李欧梵教授在题为《重绘上海文化地图》的演讲中说道："大部分中国上海人都居住在弄堂里，而不是什么时尚豪宅。里弄的世界支撑着他们的都市文化。"

所谓里弄，其实就是人们通常所说的弄堂。它是上海特有的民居形式，与无数普通市民日常生活紧紧维系在一起。年华流逝，多少有趣故事、温暖记忆，从曲曲折折、烟笼雾绕的弄堂里缓缓流淌出来。弄堂承载着上海人的梦想与荣耀，代表上海人特有的生活方式和文化心态。可以说，没有弄堂，便没有上海人，也就没了所谓上海都市文化。

我的童年和少年时代，就是在愚园路一条名叫

"锦园"的新式里弄里度过的。

搬进愚园路上的"白房子"

"锦园"（愚园路805弄）所在地原为荣氏企业当家人荣宗敬（荣毅仁伯父）先生私人花园和网球场，后辟为申新福新企业高级职员寓所。"锦园"二字手迹出自钱名山先生之手。"锦园"在上世纪30年代堪称愚园路上一道风景线：红色的瓷砖墙裙，白色的外墙，朱红色的钢窗，沿墙是齐窗台高的碧绿冬青树，错落的建筑中央是个黄杨环绕的椭圆形花坛，四时鲜花，清香不断。花坛中心有两棵参天大树。此树当年由荣氏企业大总管荣德其先生亲手栽种。还有散落在花坛四周的长栏凳，夹竹桃后面是用黑色饿篱笆隔开的网球场……朱红色的大铁门常常紧闭，弄堂内一片静谧。长辈们说，那个年代，可以毫不夸张地说，无论是黄包车夫，还是三轮车夫，只要一说愚园路上的"白房子"，无人不知，无人不晓。

"锦园"设计出自无锡籍建筑设计大师赵琛。与陈植、梁思成、林徽因、范文照等一样，赵琛也毕业于建筑师摇篮，宾夕法尼亚大学美术学院建筑系。毕业后他在纽约、费城、迈阿密等地建筑事务所工作实习。

回国后，他与学长范文照共同创办建筑事务所。赵琛的建筑设计风格崇尚简洁、朴实，强调功能性，"锦园"便是这类风格的代表作。同时他也擅长将飞檐、斗拱、琉璃瓦等中国传统建筑元素与西方古典主义风格相融合，如八仙桥青年会大楼。而他与范文照合作设计的上海南京大戏院（今上海音乐厅），更成为近代中国建筑经典之作。

"锦园"1939年建成伊始，祖父便携全家搬迁于此，与终生挚友荣德其先生相邻而居。祖父曹启东先生出身于书香门第，但家境并不宽裕。于是，他将家中仅有的读大学机会让给了弟弟，自己则选择了经商之路。经亲戚介绍，祖父进入福新面粉七厂当会计助理。祖父那时年轻聪慧，办事稳妥谨慎，待人接物均极有分寸，进厂没几年，便晋升为福新面粉总公司会计兼营业部主任，并很快得到我曾外祖父、福新面粉七厂厂长王尧臣赏识，招为东床快婿，从此平步青云。1949年福新面粉公司掌门人王禹卿先生离沪赴港后，祖父成为福新面粉公司全权负责人，全权掌控企业运转。但祖父绝非不问政治、满脑子生意经的"老滑头"。他年轻时受妻弟王启周先生影响，加入进步社团"锡社"，在"五卅"运动中积极参加集会与捐款，与陆定一、秦邦宪等均有往来。同时其三位表妹和表妹夫也是中共地下党，表妹夫陈其襄曾追随邹韬奋先生主政《生活周刊》。受陈其襄鼓动，祖父于福州路投资开设"同庆钱庄"，为新四军筹措药品和食品所需经费，同时还投资生活书店下属的"通惠印书馆"，出版进步书籍。著名学者王元化先生解放前唯一一部理论专著《文艺漫谈》便是由通惠印书馆出版。虽说祖父事业风生水起，但他深知江湖险恶，且对家族企业而言，自己毕竟还是"外姓人"，故而行事低调，从不越雷池半步。在生活方面，他更不追求奢华，这也是他为何放弃独立花园洋房和高档公寓，而选择"锦园"的缘故。"锦园"基本格局是楼下为客厅兼餐厅，朝西有座小花园，客厅里摆放的都是普通红木家具，墙上悬挂的字画也都是冯超然、吴待秋等海派画家的作品，其中大多数均已遗失或销毁，唯一保留下来的是无锡籍老画师吴观岱赠予祖父的一幅《仕女图》。祖父和祖母居住在三楼向阳卧室，父母结婚后居住于二楼，四楼则是堆放杂物的仓库。

刚搬入"锦园"时，祖父事业正值上升期，工作异常繁忙，祖母则在家相夫教子，尽心尽力。无论祖父多晚回家，祖母必定守候，为祖父准备热菜热饭。祖父对饮食颇为讲究，譬如他性喜大闸蟹，却又无法忍受蟹之腥味。于是，祖母便和保姆花一整天时间拆蟹粉，而自己只吃些边边角角，并且要在祖父回家前收拾得干干净净。祖父事业扶摇直上，所以，邻居们常说祖母有"帮夫运"。

曾变成一个"乱哄哄的小世界"

然而，在我降生后的第三年，即1966年，平静的生活被彻底打乱了。首先是家庭矛盾骤然激化。祖父虽说思想进步，但思维方式毕竟受制于那个旧时代。他另置家室的消息其实早在亲朋好友间不胫而走，就连父亲和兄弟姐妹也有所耳闻，唯有祖母一人完全被蒙在鼓里。随着"文革"爆发，纸包不住火，这才真相大白。"大事化小，小事化了"，这是祖母常挂在嘴边的话，即使到这样的时刻，老人家仍以一贯隐忍的态度接受一切，没有半分怨怼。那时候，祖母只得从祖父卧室搬出，独自蜷缩在二楼朝北的亭子间里，终年见不到阳光。她唯一的精神依托便是抽上几口烟，抽的自然是"勇士""劳动"和"生产"等一些劣质香烟，偶尔得到一盒"飞马"或"大前门"，就像孩童般高兴。她每天的生活重心，是督促我做功课。有时我在弄堂里与小朋友玩得时间久了些，她就会站在一个小凳上，趴在窗口，高声叫喊我的乳名："毛毛，快点回来做功课啦!"有段时间,母亲去近郊参加巡回医疗,父亲又在工厂加班,我一人睡在四楼,每每西风作响,便吓得裹着棉被,偷偷溜到二楼祖母的亭子间,祖孙二人挤在一张铜床上,聆听那或长或短、或悲或喜的家族故事⋯⋯

与此同时,风起云涌的"文革"浪潮也将"锦园"搅得天翻地覆。"小将们"以革命的名义纷纷冲入弄堂,强行占领房屋。一条好端端的弄堂被弄得面目全非:整齐划一的冬青树被无情砍去,代之以油毛毡铺就的自行车棚,晾衣服的竹竿横七竖八,占据着主要通道;各家门口堆放着许多破旧杂物;地面上的水门汀裂开了,形成杂乱无章的缝隙;阴沟里溢出的黑色污水四处流淌,"水上浮着鱼鳞片和老菜叶,还有灶间的油烟气"(王安忆《长恨歌》)。总之,"锦园"变得有点像鲁迅先生早年对弄堂的描摹:"倘若走进住家的弄堂里去,就看见便溺器,吃食担,苍蝇成群地在飞,孩子成队地在闹,有剧烈的捣乱,有发达的骂詈,真是一个乱哄哄的小世界。"

随着搬迁进来的居民越来越多,而且鱼目混珠,邻里之间冲突也在所难免。我们楼里有户新迁入的家庭就极为蛮横,他们自恃后台够硬,处处欺人。刚搬进来,他们立刻实施"圈地"运动,在楼梯、过道和灶披间摆满各种什物。其他邻居稍有不满，这几位"祖宗"立刻露出凶神恶煞般的眼光，别人使用公共厕所也得看他们脸色。如果你在里边待的时间稍微长些，他们便毫无缘由地用拳头或脚砸门，弄得大家上厕所提心吊胆。更有甚者，此户人家似乎特别"怕吵"，我们在楼上稍微发出点动静，他们就全家冲上来与母亲理论。好在母亲反应敏捷，毫不示弱。因此，每回争执，母亲总是占上风。于是他们就趁母亲外出时，专门找我父亲的茬。有一回，他们一家人堵在我家门口吵吵嚷嚷，老实巴交的父亲气得直打哆嗦，额头沁出豆大的汗珠，可怎么也说不出一句话。那时，我虽只有七八岁，但头脑还算灵活，眼看父亲要吃亏，二话不说，拿起一个热水瓶冲将上去，用稚嫩的声音高声喊道："你们太欺负人了。谁敢再往前一步，后果自负。"一边说话，一边佯装要倒开水的样子，吓得那伙人连连后退。没多久，周围邻居闻讯赶来劝阻，一场风波总算平静下来。

那时候，我们就读的小学虽然仍坚持上课，但学业毕竟不重。作业完成后，便在弄堂里找小伙伴玩耍。一个夏季炎热的午后，同学们玩起了"官兵捉强盗"的游戏。由于气温过高，没玩多久就累得汗流浃背，气喘吁吁。大家就坐在弄堂中央的水井旁歇息片刻。

不知谁提议以抓阄方式选定一人去买棒冰。一番讨价还价后，同学们决定由我完成这一任务。我那时也正热得嗓子眼冒烟，就毫不推辞，一溜烟地跑到马路对面烟纸店，手忙脚乱买了一大捆棒冰，急急往回走。可万万没有想到，危险其实已向我逼近。当我的左脚刚从人行道向马路迈步，一辆三轮小型货车失去控制似的猛冲过来。我还未明白发生了什么，就已经被货车撞倒，顿时失去知觉。据后来目击者告知，货车司机起先并未意识到撞了人，依然维持原速向前行驶，直至路人惊呼："撞人啦！快停车。"那位莽撞的司机这才紧急刹车。而此时，我早已在马路上被车拖了足足20米，倒在一片血泊之中，脸色煞白；左踝部被撕开一个伤口，鲜血"咕嘟咕嘟"直往外冒。好在"锦园"隔壁便是一家中心医院，有位行人见状连忙用手捂住伤口，将我送至急诊室。值班医师断定，我左腿胫腓两根骨头全部折断，失血较多，需紧急手术。幸亏手术十分顺利，从X光片看，骨折处复位丝毫不差。

可是，一波未平一波又起。手术后，我左腿疼痛非但没有减轻，反而日趋剧烈。刚开始还能忍受，可渐渐连止痛药也无法止痛，只能靠注射杜冷丁缓解疼痛。父母为此忧急如焚。护士出身的母亲凭直觉认定，可能因石膏固定过紧，导致局部压迫，血液循环不畅，有坏死现象出现。于是，在友人帮助下，迅速转院至条件更好的瑞金医院骨科，医生将石膏锯开后发现，左踝部伤口果然如母亲推测，已变成黑色，呈现不同程度坏疽。一位蔡大夫说，若再拖上几天，那条腿或许就无法保全。有趣的是，那位蔡大夫 20 多年后，居然成为我的骨科学老师。当然，他对那段经历早已不复记忆……

童年旧梦遗痕，尽在"锦园"

帮助我转入瑞金医院的是母亲的朋友、爱国人士杜重远先生的两个女儿杜毅与杜颖。母亲与杜氏姐妹结缘纯属偶然。杜家也住在愚园路，离"锦园"不足百米。姐妹俩虽相差四五岁，但喜欢穿同款衣服，宛若孪生姐妹。上世纪 70 年代，人们着装普遍偏素色，她们姐妹俩身着鲜艳服装，走在愚园路上，颇引人注目。母亲曾不止一次与她们在街上相遇，但并无交集。"文革"期间一个朔风凛冽的夜晚，母亲正好在医院值夜班。夜间巡视时，偶然发现就诊大厅里有三个人正蜷缩在玄色大衣里，瑟瑟发抖。其中年长的那位长得有点像外国人，虽有些惊慌，却也气度不凡。旁边坐着的显然是她的两个女儿。再定睛一看，母亲马上认出这对姐妹正是杜家千金，而那位长者显然就是杜夫人。于是，彼此攀谈起来。在交谈中，母亲得知他们的家早已被手执棍棒的"造反派"占领。为避不测，母女三人乘着黑夜，悄然离家躲避。她们原本想去江湾五角场的亲戚家暂避，不想被无情驱赶。万般无奈之际，只得来医院躲藏。同是天涯沦落人，母亲二话没说，就把自己暖暖的值班室让给她们母女仨踏踏实实睡了一晚。次日清晨，她们跳上北去的列车，赶往北京，找到了周总理，这才转危为安。就这样，我们两家成了亲密无间的朋友。只要我们家有需求，杜夫人侯御之女士及杜氏姐妹总会伸出援助之手，从未有半点迟疑……

突如其来的车祸让父母对我的安危充满担忧，为了不让我老在弄堂闯祸，父亲决定让我学习乐器。一来可拴住我，减少玩耍时间，二来将来或许可依一技之长养活自己。父亲酷爱古典音乐，尤其对海菲兹的小提琴演奏痴迷不已，故期望儿子有朝一日也能成为一名小提琴家。他省吃俭用积攒下一笔钱，购置了一把小提琴，还专门聘请音乐学院老师来家教琴。无奈我兴趣永远在弄堂里，数月下来，锯木般的噪音终于让父亲失去信心。一计不成，又生一计，父亲忽然想到可让我姨夫——一位琵琶名家教授琵琶演奏。姨夫不愧为名师，在其悉心调教之下，我的琵琶技艺日渐成熟，能演奏《高山流水》《浏阳河》《土耳其进行曲》等曲子。父母工作繁忙，监督我练琴的重任只得落到祖母头上。每天放学回家后练琴，祖母将闹钟拨至两小时后，直至闹铃响过，方能歇手。如此"高压"，一时间我也只好照办，彼此相安无事。弄堂小伙伴里少了我这号人物，惹是生非的事自然少了些。可他们决不甘心，就在家门口扯着嗓门高喊我的名字。那阵阵叫喊声使我心痒难忍。我眼睛骨碌碌一转，计上心来，趁祖母老眼昏花不注意时，瞬间将闹钟拨快一小时，再装模作样在琵琶上发出各种声响。阴谋得逞，我又得以在弄堂多混一个小时，虽说机关算尽，但闹钟的秘密还是被父母察觉，后果自然不堪设想……可祖母一直袒护我，说是自己老糊涂，弄错了时间。

而那时的祖母也的确因慢性肝硬化变得有点老态龙钟，但饮食起居正常，并无大碍。然而，1976 年 3 月 4 日下午，祖母病情急转直下，出现食道静脉曲张破裂，呕血，便血不止，病情危急。医生来家看过后也感觉回天乏术。傍晚时分，老人渐渐处于半昏迷状态，往往昏睡一段时间，又慢慢睁开眼睛，四处张望，

269

像在寻找什么人。或许她彼时彼刻最期待远在大洋彼岸的两个儿子能出现在身旁。因为我二叔和三叔于1948年赴美留学，之后再也没有返回上海，母子骨肉分别已整整28个春秋。最后，她又一次吃力地看了看围在床边的亲人，长长叹了口气，便永远合上了眼睛。那是我生平第一次接触死亡，但眼睛里却一滴泪也没有，因为那时还不懂得悲伤，只有莫名的恐惧袭上心头。祖父也闻讯急急下楼，在祖母床边端坐良久，面露哀戚之容，一言不发。不知他心里究竟想些什么……次日清晨，到学校，正赶上纪念雷锋活动。喧嚣的口号声与歌声震耳欲聋，但我仿佛被置放在真空之中，什么也听不见，耳边飘过的尽是祖母口中那些古老传说。直到晚上，回到祖母那空空荡荡的小屋，一种无助感弥漫周身，这才哭将起来！

如今，时代要翻开新的一页。在大规模城市改造中，一条又一条弄堂轰然倒塌，永远消逝在历史的烟云之中。"锦园"也因为修建地铁，拆掉了沿马路的一排房子，这不免让人感到些许伤感与惋惜。因为，那里留有我们的旧梦遗痕、伤逝情结。作为实用建筑的弄堂本身已显得过于苍老，但我们固执地喜欢她，眷恋她，梦想着有朝一日能够重新住回那梦一般的寂寞长弄，去亲近历史，回味往昔美好生活。

弄堂，一种情感的寄托。

弄堂，一个温暖的梦乡。

但，记忆中的"锦园"，是否还是原来的样子？

市井与雅致，混合在三千米长的小马路上

马尚龙

上海有大马路有小马路，有上只角有下只角，有老洋房有石库门，有洋气十足有市井浓郁，但是很少有一条马路，并且是很短的小马路，混合了石库门的鲜活与老洋房的深邃，浓缩了市井生活的嘈杂与客厅文化的雅致，荟萃了社会底层的众生与"上海制造"的大师。这两个极端的"上海"，同生于一条小马路上已是不易，而且这两个极端的"上海"，都因为极端而著名，连美国总统都造访过。这样的小马路，在上海，好像没有第二条。

这条小马路，叫作巨鹿路。你会想到爱神花园、四明村、景华新邨，你会想到巨鹿路菜场、巨鹿路一小，你会想到朱屺瞻贺友直邬达克，你会想到乒乓球

的世界冠军，你还会想到西端老洋房的遗产传奇，你是否也想到东端（也有西端）些许石库门和旧屋的窗上，封上了一块刷了红漆的夹板，夹板上写了一个大大的"拆"字？

这一条仅 2290 米长的小马路，充满了传奇。只是，这些传奇是有时代感的传奇，大有"东边日出西边雨"的奇妙：自 1907 年开路至 40 年代末，在巨鹿路还叫"巨籁达路（Rue Ratard）"时，西端便是上海的上只角，但是之后的漫漫 40 年，东端的巨鹿路唱起了主旋律，直至 90 年代，西端的巨鹿路又一次将上海气质渐渐弥散开来。可以这么说，巨鹿路的名气是分地段也分年代传扬的。在同一条巨鹿路上，不同年龄的人，不同文化的人，不同阶层的人，走的不是同一条巨鹿路。

我们这一代人的巨鹿路记忆，差不多都是从巨鹿路菜场和巨鹿路一小的乒乓球开始的。

不久前，有朋友给我看一张马路菜场的照片，要我猜猜是哪一个菜场。还用得着猜？一定是巨鹿路菜场，而且我还很自信地确定了这一张照片的具体方位。看着照片，好像就吹到了冬天菜场排队的西北风，就感受到了喧嚣和挤迫，就嗅到了冷气带鱼的腥臭；尤其是春节前的人轧人，每一个菜摊都在排长队……如今许多的怀旧文章都在追述贫穷时期的苦中作乐，但是这样的声音忽略了很重要的一点，当年菜场披星戴月的排队，重要的不是苦，而是乐，是乐中有苦，排队轧闹猛是有乐趣的。如今网红带来的排队，不是也很长的？只不过是为了一杯奶茶一只青团，可以排队几个小时，很难用值得或者不值得来界定，因为在本质上，排队是好玩的事情，具有强烈的自娱自乐特点。

如今我又走入这一段巨鹿路，不免觉得它很寂寥。菜场没有了，那一个全世界著名的乒乓球摇篮巨鹿路小学也没有了，要知道当年是真有"摇篮"的——菜场小菜摊的水泥（磨石子）板，清晨小菜场卖菜，收市后一番冲洗，就成了小学生的乒乓球台。这一个摇篮摇出了好几个世界冠军。中国女乒前主教练陆元盛，就是从小菜场水泥板上打乒乓而后称霸的。

与巨鹿路菜场相辅相成的是这一段的民居，这才是区分巨鹿路东西两端的最显著的衡器。

巨兴里，高福里，同福里，晋福里，福海里，厚德里，三益里，杨家弄……这一条条弄堂的名字，满是市井气韵，既求福求丰，也立德，也体现了"里弄"的建筑风格，大多是老式里弄房子，石库门居多，也有些别样的新式里弄房子，起名字的时候就不与"里"为伍，比如大德邨、特秀坊。一大片房子都有些年头，也有些来头，还有些时代闻达曾经居住，但是最普遍的居民是蓝领阶层，也就是曾经的"劳动人民"。他们虽然学问不多，喉咙汪汪响，邻里间也时有龃龉，但是勤劳、厚道，他们的心愿就像所居住的弄堂名字一样，他们就是典型的上海老弄堂的主人。偶尔也有某某家的儿子考上了大学，四通八达的活弄堂里，有得可以闹猛了。

瑞金一路东首的巨鹿路上，有一家点心店。这是我小时候喜欢跟着母亲去买菜的理由，我相信这一条理由也是当年所有孩子跟着大人去菜场的理由。虽然也被母亲指定在一个菜摊前排队，母亲去别的菜摊抢购，但是劳动常有所回报，在菜场走了很长的路，排了很久的队，终于走到这一家点心店。这一家点心店不是大饼油条摊，有糕团生煎馒头。大约地处小菜场，价钱是便宜了点的。我印象最深的是糍毛团：饭团里面是肉馅——在那一个粮食凭票肉也凭票的年代，糍毛团的诱惑更加多元，比肉馒头更加好吃。小时候只管味道好不好，并不在意它的店名，后来"文革"了，肯定改了红色的名字。很多年后才知道它的原名：北万新，也是有年头的老店了，在 1930 年的上海地图上，北万新就已经在这里卖糍毛团了。

从东向西，过了瑞金一路的巨鹿路，仍旧有菜场

275

嘈杂、弄堂欢闹的混合，但是市井气息明显地淡了。这一段巨鹿路有两个转折点，先是杨家弄，再是小浜湾。过了杨家弄，菜场便没有了生气，再转过小浜湾，石库门少了，新式里弄房子多了，小洋房也有了。2004年，梁子拍了一部电视片《房东蒋先生》，是获了奖的。片中梁先生就住在巨鹿路305弄的小洋房里，具体方位是在巨鹿路靠近茂名南路。梁先生真是一个老克勒，一生没有上过班，终生未有娶过妻，守着祖上的洋房度日，守着年轻时的小开派头做人。后来洋房终于拆了，后来这个地方是一个钻石地段的楼盘，名曰：凯德茂名公寓。再后来，有消息说，梁先生走了。这个地方，距离锦江饭店仅仅两三百米，1972年尼克松到访上海，还去了巨鹿路菜场，很有可能是从茂名南路转入小浜湾巨鹿路菜场的，这里并不是巨鹿路菜场最经典最市井的地段，但是菜场两边的民居建筑，算得上是最有体面，最拿得出手的。

以茂名路为界限向西走，巨鹿路从市井走向了雅致，从石库门走向了洋房，彼时也从劳动人民走向了高级职员和"资产阶级"。茂名南路到陕西南路这一段的巨鹿路，恰是这两端生活状态的过渡。有洋行，有医院，有石库门，有花园小楼，诸多建筑都保留下来。地段不同了，文化也不同了，于是弄堂的名字也不一样了。梅赋里，采寿里，明德里，存厚坊，四成里。有一条弄堂，名曰巨籁村，这是唯一还保留着巨籁达路路名元素的弄堂，也是巨鹿路上自东向西第一条"村"弄堂，上好的弄堂上好的居住条件，实际上就是"邨"的格局。"邨"的民居可以用村来表示，但是"村"的格局绝不可以以邨自居。

最雅致、最文化、最高冷也曾经最寂寥的巨鹿路，就在陕西南路到常熟路这一段。为什么是最寂寥？很长一段时间，足足有40年，常人知道的巨鹿路就是小菜场和巨鹿路一小的乒乓球，这一段巨鹿路很少人知道，从来没有像现在这样可以成为市井坊间的谈资，拆了一幢房子全世界都知道了。寂寥的原因，因为在这一段巨鹿路上，"资产阶级"还有买办洋行曾集束式地在马路两边铺陈，50年代后这里自然冷落；或者是独栋小楼，或者是一代文化人云集的弄堂，或者是深宅大院，戗篱笆密封，大铁门紧闭；很少店家，没有公交车，也就少了路人。一直到90年代开始，西端的巨鹿路才渐渐地被人知晓它的底蕴、它的文化和它的价值。

为什么总是想到他

郑　宪

　　我一直觉得自己很了解这地方——上海的工业重镇，这个厂那个厂，一条条纵横路，锯齿厂房，水边码头，通往乡下的轮渡船。毕竟待过不少年头。其实不是。现在看，连有些路名也没摸清。那时最响亮的路叫一号路，很宽，两边伸出长臂般枝叶的香樟。路边的百货商店，在居民楼的楼下列一长排，一次次出入其间，会想：这百货店怎么营业员比买东西的人还多？唯一在一号路上的影剧院，坐满一半人已算满棚。

　　当时没去想，既有一号路，就该有二号路的。几十年后才去找这条路。和一号路比，与其交叉而行的二号路，偏窄，人少，静阒。

　　二号路现在叫临沧路，和一条相向的枕木铁轨携伴。铁轨长，蜿蜒南北，极目远方，还设有几处道口，禁止通行的灯，伸缩开闭的栏杆。火车是货车，在几个机电大厂间穿梭运输产品。我们曾经住的工厂宿舍，离此地几公里远，夜晚时闻几声长短的鸣笛。

鸣笛的火车，让我倏然想起了他，当年我在工厂的一个故人。镜头定格在我们分手时，在 1979 年。暑热未退，但有一点秋天的凉风侵入。

那年我从工厂考上大学，25 岁，面临人生转折，心在憧憬远方。便在这一时刻，他和我几次交流，在不同场合：工厂更衣室，工人集体宿舍，散步前往的黄浦江边。

集中的一个话题是，要不要舍弃工厂前往大学校园。他比我大 3 岁，作为曾考入市重点中学的高才生，他的论点却是：读大学没多少出路，现在和未来，大企业的工人，是最好的职业。他是一个锻工，我也是。他是被众星拱月着的汽锤手，我也成长为有技术的热轧机手。在工厂和车间，我们都有骄傲的资本。但我对他说："我厌倦了没有变化的重复劳动。"他瞪大眼睛，愕然，似乎听到了对美好的劳动行为离经叛道的言论。

他问我："你真的想当一个老师，做孩子王？"——我考入的是师范大学。

279

我反驳："我不会当老师。"那年代，老师竟是不被人尊敬的职业。我觉得读师范是我的权宜，读完大学四年，我会想方设法金蝉脱壳的。

　　那又是个个人绝对服从组织分配的年代。他听了断定：你会赔了夫人又折兵。因为，有传言：从社会上考入大学的历届生，其在原单位的薪酬待遇将一律取消。

　　我有过一丝犹疑。

　　接下去是打感情牌：工友间的深情厚谊。不用他多讲，我自己讲段情节：一个酷夏的午后，我在工厂宿舍，发着高烧。一瘦高的人推门入，一头汗，满脸笑，手持一只长圆西瓜，劈开，逼我吃大半只，说："吃了瓜，你会好。"类似的事，不止一件。瘦高的人，就是他。

　　感情归感情，走归走，我决绝。他极难受。他是嗜重友情的人，希望相知情深的人长相守。他是落脚一处，再苦，再累，再脏，总能在内心体会其甘美。我做不到。他留不住我。

　　那晚，我们坐在工厂宿舍的长阳台上，望星空，长久无语。转头，见他眼中的绵延忧伤。

　　就在这时，听到了一声两声火车的鸣笛，他幽幽地说："是二号路上的火车。"我听了茫然，对二号路无感。他又说：二号路旁边有条沙港河，沙港河流过的一号路上，有座沙港桥。我没去过沙港桥，嫌荒远。我去过近处的竹港桥，就在电机厂边上。但我们小青工有这两句玩笑话：朋友谈到竹港桥，情断义绝沙港桥。

那晚他对我说，情断义绝沙港桥的故事，真的在他身上发生了。他憋不住讲出一个人，竟然我也熟识，是当年和我一起舞文写诗，在我们大厂边上一个小厂的女生。也是高个，微扛起来的肩背，有点可爱的高傲，小脸，明亮的大眼，睫毛上卷，其实近视蛮深。会写一手好的诗，却又划拉一手枯柴棒般乱搭起来的烂字体。在我们相遇的一次次工厂赛诗会上，总有她的这首那首诗被捧红。听到赞誉，她会一脸谦恭的无辜，给你的笑中有诱惑人的灿烂。

那晚我叫起来："怎么会？你们好几年，竟然我一点不知情？"

他颓然说："都过去了，几天前的事。"

为什么？

"因为，她怨恨我不考大学。她今年也考取了，全国重点大学——她已考了三回。"

而他，很长时间影响了我，以他渊博的知识、宁静淡泊的处世观。他敲击汽锤的声响，独具一格：将暴烈强硬的元素剔除，讲究节奏韵律，一起一落，轻重缓急，委婉，细腻，流畅，艺术，在虎啸龙腾的锻打中闲庭信步。在粗黑的环境里，他活出自己的一份优雅。

一度，在我眼里，他是我仰视的人生导师：秀才不出门，尽知天下事。五湖四海，三山五岳，哪一处地理方位、历史掌故，他信手拈来，娓娓道出。然后坦然相告：所有美好的处所，他一个角落也无登临，全来自阅读——书中自有黄金屋。他说："你去看书啊。"很长一段时间，我很羞愧，为我无法像他一样，手里总拿一本书，抓住工间每一滴休憩时间，沉下心，低头，点点滴滴读。

我也曾不止一次责问他：为什么你不去考呢？为什么不想离开无数次重复那几个动作的劳作空间呢？

他不回答我的为什么。沉默是金。现在想，当年我要去我的远方，他钟情留下，都有各自的存在理由。甚至，他的留下，更要付出勇敢。

临沧路往西，终于见到了沙港河，不宽却干净的一条河，在秋阳下泛着波光。东南方向望去，即可见沙港桥。沙港桥上情崩离散的故人，在哪？离开工厂后的我和他，以后竟再无见面。无见面非无想念。牵挂是在的，知道他升任车间主任的，知道他又做过一家不小的厂的厂长。但不知为了什么原因，他洒脱地辞去官职，飘然而去。直到那一天，有人在一场合告我：他走了，正当壮年时，赍志而没地——没迈过50岁的坎啊。

今日我来，看厂，看路，看河，看桥，看我们曾经住过的工人宿舍（现在已成为一家手枪型宾馆），数数看锯齿厂房还剩多少幢。

不知怎么，近日心里总是想到他。

车在路上轻驰，驰到一处所，觉眼熟，却无从辨认。有人提醒，它就是我们原先熟悉的那家小厂啊——写诗的女孩的厂。原来的一个空间，有几幢矮矬的厂房，灰黑简陋的小厂门，门后则有一台红色露天的龙门吊。我一次次走过，他无数次走过。我曾经对他说，我去找那个女孩，努力去挽回他们那段情。他竟然对我吼："你去，我们绝交。"男人的自尊和倔强如是。他最后走时，据说已成为一位外交官的她，遥望，送上泪洒的花篮。

这个我曾熟稔的厂区，所有工厂的功能景致已一扫而空，代之的，是一座巨耸的现代化高楼，一大块一大块蓝色的幕墙玻璃在阳光的作用下，反射出斑斑点点的刺耀，直灼我的双目。

他是我眼里"最后的文人"，也是上海老克勒

罗怀臻

　　有关蒋星煜先生的学术风范，我想起三件事，件件记忆犹新。

　　第一件事，1993年，拙作《金龙与蜉蝣》在上海演出。作品研讨会上，大家对这部"历史剧"的品质定性莫衷一是，因为它没有具体年代，史籍中对这段事件没有任何记载，连同剧中人名一起，完全是我的虚构，但我又冠之以"历史剧"。于是许多人质疑，认为不应该称之为历史剧，但又有人觉得它有强烈的历史感，比那些采用准确年表、准确人物事件的历史剧还要有历史感。然而为什么虚构的历史竟能给观者强烈的历史感，大家都无法回答这个问题。

　　蒋星煜先生回答了大家的质疑。他说这是一个崭

新的、个人创造出的新的历史剧模式，姑且称之为"寓言史剧"。寓言是没有表象真实、没有个案真实的，寓言只追求本质的真实，所有的表象真实都被它涵盖，所以他说这是一部寓言历史剧。蒋先生还说，从罗怀臻第一部作品《古优传奇》开始，这种历史剧的特征就已经透出端倪了，包括随后创作的《真假驸马》也是没有年表没有名字，剧中人就称为公主、驸马、皇帝、宰相，都是符号化的称谓，但是没有人怀疑它不是历史。他说，这个作者创作了一部独特的个人风格的历史剧，很可能成为历史剧创作的一条路。

一席讲评令我感动，也促使我在理论上思考历史剧创作的问题。现在想来，所谓"寓言史剧"并非是我具有理论先导的自觉创作，就是凭借一种感觉，想要表达一些感悟，但是又找不到与之相对应的历史人物和事件。这种来自于现实生活的感受又与某种历史气氛相吻合，纠缠为一种古今贯通的共鸣，它是单纯的历史剧或现实剧所不能代替的。心灵的感悟，笔下的流淌，不经意间被蒋先生提示出来，而这正是我的所思所想，经蒋先生在理论上提炼之后，更是化为了我的自觉。此后，我越来越自觉地运用这种理论，创作了多部"寓言史剧"。由此我也想到鲁迅先生的《故事新编》，"只取一点因由，随意点染，敷衍成篇"，鲁迅先生写《铸剑》，写《补天》，就是用一点历史的因由，点染他现实的感受，进而把历史与今天打通，找到一种共鸣，他不是为历史而历史。

蒋先生的那次发言，很快整理成文章发表，丰富了当代历史剧创作的理论。真正的学者和评论家一定不是创作者的说明书，一定不是创作者的推销员，他也一定不是创作者的教父或导师——他是借助了你的创作，证明了自己的学问，是你的创作启发了他，证明了他，他因你的创作而建立的学问，不仅可以解释你的创作，也可以引导普遍的创作，这就是一位理论家与一般鉴赏者、批评者不一样的地方。鉴赏就像美食家，有一个敏感的味蕾，然后评价出作品的优劣。而蒋先生看了我的作品，建立了自己的学说。有朝一日，纵使我的这个作品不存在了，他的学说依然在，还可以启示别人，这是有创建人格的学者。

第二件事，也是在上世纪 90 年代初，当时浙江有一台越剧《西厢记》红遍全国。尤其在北京，许多戏曲界的著名学者都对它推崇备至，乃至到了有点情绪化的程度。该剧到上海演出后，也有学者拿它与上海越剧院的"四大经典"之一《西厢记》作比较，觉得相比之下有两个时代的感觉。上海越剧院的经典版本《西厢记》是一种现实主义、古典主义的表达，而浙江的创新版本《西厢记》则追求一种现代戏曲的表达，它不是以崔莺莺为主角，而是以张生为主角，加之舞台艺术焕然一新和主要演员的明星气质，赢得大量年轻观众的青睐。

上海学者中有几位对浙江新版《西厢记》持不同观点的人，蒋星煜先生就是其中之一。无疑，蒋先生是《西厢记》研究的权威，他从对《西厢记》的文学版本解读和经典文学作品的舞台表演等角度，深入地评析了这部新作品，进而对普遍的评价提出了质疑，其观点的阐释完全是学理性的。蒋先生是一位有全国影响的学者，与北京的学者们应该都是很熟悉的，在一边倒的强势的评论下，他仍然磊落地发出自己的声音，而且连续发表了两篇文章，就当时而言，多少有点"迎刃而上"的凛然。尽管我当时并不完全认同或者说并不完全理解蒋先生的文章观点，但是我敬佩蒋先生特立独行的个性，敬佩他敢于坚持学术操守的意志。也正因为蒋先生所坚持的学术观点与学术个性，在一定时期内使得他与一些很著名的学者形成了某种对峙。也是在那几年，上海戏曲界的学术气氛是很浓的，在蒋先生支持下，上海的戏剧刊物《上海戏剧》曾经开展过"重写戏曲史"的讨论，一度也在全国产生了很大影响。我们常常说道"京派""海派"，说道北京、上海，说道北方、南方，在艺术与学术方面，其实有时候在文艺观点与文艺风气上的摩擦对峙，恰恰构成一种力量，交错着推动中国文化的向前发展。如果只有梅兰芳，没有周信芳；如果只有京派京剧，没有海派京剧；如果只有北方的评剧、中原的豫剧、西北的秦腔，而没有南方的越剧、粤剧、黄梅戏，那又会是怎样？由此想到蒋星煜先生的文人勇气与学术操守，不由得令人肃然起敬。

第三件事，1996 年，蒋星煜先生主持编撰了一部有五六十万字的《历代志怪大观》，书的主编不是他，他是总顾问，书中收录了由我撰写的大约十个条目。参与这部书，是蒋先生来电约请并专门安排时间见面交待的。见面之后，蒋先生还寄来几篇范文供我参考，其中也有他自己撰写的部分。他交待的事情，我岂敢不认真完成？待完成之后拿到样书，我以为蒋先生是主编，想不到他只是位总顾问，书中由他亲自撰写的条目居然比所有的作者都多。我想，今天别说是总顾问了，有些所谓名家大家，名下总编、主编的著作汗牛充栋，而他自己则恐怕连写个序都是由别人代笔起草，末了署上一个大名而已。而蒋先生不仅写了那么长的一篇序言，还身体力行，与参与合作的每位作者一样撰写条目，不仅写得认真，也写得最多。

这两天，我又把那本书拿出来翻看，其中今天耳熟能详的、在全国有影响力的知名学者竟有一二十位之多，放在那个时候大家都不觉得有什么不合适，可是放在今天恐怕就很难再请到这样的人来撰写细小条目了。而我当时是个三十多岁的年轻人，是专业从事剧本创作的，蒋先生说他偶尔看到我在《解放日报》撰写的评论，觉得我有一定的学术积累，文字也准确，所以就请我参与进来，和当时一些优秀学者一起来做这件事。蒋先生对一个年轻人的关注培养和他在学问面前身体力行、事必躬亲的态度，也同样令人肃然起敬。

蒋星煜先生非常有童心，非常热爱生活，他身上的各种文人特征非常鲜明。作为一个上海的文人，蒋星煜先生就是一个上海"老克勒"，在任何时候、任何地方看到他，都是山清水秀、衣着整齐，头发是逐渐稀疏，但从来都是梳得整整齐齐。到后来，不管他是穿西装还是穿便服、穿风衣，都不厌其烦地结着领带，他永远保持着一种整洁读书人的文雅形象，而且乐观、开朗，没有一般小文人那种见人发牢骚、泄私愤的怨愤情绪。现在回想与他相识的许多年里，还真没有听到他刻意抱怨什么的负能量记忆。

"秀才不出门，尽知天下事"，蒋先生经常让我想起这句话。有时候，我会冷不防接到蒋先生打来的电话。电话里他一直习惯地叫我小罗，他会用嬉笑的口吻对我说，小罗你有个戏最近要上演了吧，我一直在关注着，从排练到演出的日期我都知道，就等着你来请我看戏，可是等到戏演完了你还是没来请我，是不是担心我老了，看不懂你的戏了？我赶紧一迭声地表示道歉，说明没有邀请他看戏的原因只有一个，那就是担心蒋先生年事渐高出门不方便，从私心来讲我是希望蒋先生为我把场的，因为许多年来他一直是我的支持者，总能够给我以有益的建议。听了我的回话，蒋先生总是开怀大笑，他说他其实是明白我的心意的。蒋先生就是这么个人，从来不在心里隐藏什么，即便有不愉快也要写成文章表达出来，哪怕有时有点情绪化，他也绝不愿意自己憋屈着。有时候或许看上去是针对某人，但他实质上所义愤的大都还是学问，还是公理。真实和爽利，这些都构成一个完整意味的文人的蒋星煜。

蒋星煜先生曾称陈西汀先生为"最后的士大夫"，我想称蒋星煜先生为"最后的文人"。文人者，不同于商人或艺人，文人的风骨与趣味都是可意会的，许多今天的文人，经常会模糊了与艺人、商人的边界，有些文人热衷登台，喜欢作秀，形同艺人；有些文人锚铢必较，利欲熏心，状如商人。相反倒是有些艺人喜欢高谈阔论，动辄说佛论道，辟谷弄玄，反而失去了艺人的亲和感。而更有些商人，附庸风雅，表演清高，甚至做出救赎的模样。总之，人群的类别与本色越来越含混不清了。因而从这个意义上说，蒋星煜先生作为我心目中"最后的文人"，自有一种纯粹的含义。蒋星煜先生是一个真实的人，他真实而纯粹地活了一生，并且始终不渝地以做学问为理想、为乐趣、为生存手段和获得尊重、赢得价值的根本，如此自然，如此成功，如此快意。他就是带着这种不留隔夜之事也不留隔夜之仇的文人禀赋与文人器量，始终快节奏高效率地辛勤运转了95年，在那个经历过战争、疾病、饥饿等磨难的将近一个世纪的不同年代里，仍然可以独立健康、快活有为地活到95岁高寿，怎能说他不是一部传奇？

今天，缅怀和纪念蒋星煜先生，也是缅怀和纪念濡养我们、栽培我们、扶持我们的慈爱的师长。通过纪念这一代文人或学人，缅怀曾经支撑上海学术界、文艺界的一代"海派文化"的精华。在他们身上，有着鲜明的中国学派、鲜明的上海做派和鲜明的时代风华。而我们今天所要传承的，不仅是他们的学术、风华和操守，更是心灵表达与精神创造的代际识别感。

图书在版编目（CIP）数据

何妨静坐听雨：文学公众号"朝花时文"2018年度文选/
伍斌主编．—上海：上海三联书店，2019.8
ISBN 978-7-5426-6383-2

Ⅰ．①何…　Ⅱ．①伍…　Ⅲ．①散文集-中国-当代
Ⅳ．①I267

中国版本图书馆 CIP 数据核字（2019）第 136576 号

何妨静坐听雨——文学公众号"朝花时文"
2018 年度文选

主　　编 / 伍　斌

责任编辑 / 吴　慧
装帧设计 / 徐　徐
监　　制 / 姚　军
责任校对 / 胡　赟

出版发行 / 上海三联书店

　　　　　（200030）中国上海市漕溪北路 331 号 A 座 6 楼
邮购电话 / 021-22895540
印　　刷 / 上海惠敦印务科技有限公司

版　　次 / 2019 年 8 月第 1 版
印　　次 / 2019 年 8 月第 1 次印刷
开　　本 / 787mm×1092mm　1/32
字　　数 / 150 千字
印　　张 / 9.375
书　　号 / ISBN 978-7-5426-6383-2/I·1527
定　　价 / 35.00 元